流れ星

KAREL ČAPEK povětroň

カレル・チャペック
田才益夫 訳

青土社

流れ星　目次

流れ星

POVĚTROŇ

Karel Čapek

プロローグ

1

強い風が病院の木立を激しくゆさぶりながら吹き抜けていく。その度に、木々はひどく怯《おび》えて絶望的になり、パニックの中の群衆のように右に左に揺れ動く。今は静止して、小さく震えているだけだ。いやな風が私たちを怯えさせるのよ。シーッ、聞こえる？　そら、行け。そら、行け。ほら、また、風が来た。

白衣の若者がタバコを吹かしながら、庭を歩いている。どうやら若い医師のようだ。彼の若々しい髪は風に乱れ、白衣は旗のようにはためいている。

荒々しい風よ、吹いて、吹いて、吹き乱すがいい。

若い娘なら、こんなにくしゃくしゃの、思いあがった髪の毛に両手の指をみんなさし込んで、思いっきりかきむしってやりたいだろう。

なんて頭だ。髪を風になびかせ、ピンと突き立てている。なんたる若さ。なんたる身のほど知らずの自己陶酔。

小道を若い看護婦が駆けてくる。風に吹きつけられた彼女の美しい足の輪郭がエプロンの上にくっきりと浮き出ている。

両手で髪を直しながら、髪を風の吹くにまかせた背の高い男を見上げて、何か早口で話しかけているぞ。

やれやれ、看護婦さん。その目付きはどういうこと？　それに、その髪……。

若い医師がタバコを放ると、タバコは風に乗り大きなアーチを描いて飛んでいった。それから、芝生を突切って真直ぐ病棟のほうへと向かう。

ほう、あんたの患者の誰かが死にかけているというわけか。だから、急いではいるが、慌ててはいないということを示す医学的歩調をとる必要があるわけだ。

医者の治療は早いにこしたことはない。だけど沈着冷静に。

だから、いいかい、若先生。危篤の患者に近寄るときは、足を速めちゃあいけません。

だけど、あなたは、看護婦さん。立ち居振る舞い軽やかに。それであなたの優しさと、心配りがわかります。

ただし、あなたの姿形を見ていると、この仕事があなたに向いているかどうか心配になってしまいます。

ピチピチした娘さんって誰もが言っているんですよ。こんな娘が病院勤めなんかもったいないって……。

ほら、やっぱり、誰かが死にかけているんだ。風がうなり、怯えた木々の大騒動のさなかに人間がひとり死のうとしている。ここではそんなことには慣れっこだが、たとえそうだとしても……。

白い掛布の上を、熱にほてった手がさまよっている。あわれな、安らぎを知らぬてのひらよ。いったい、何を掴もうとしているのだ。それとも、捨てたいのか？

そうかい、誰もおまえを掴まないというのだな。それじゃあ、私がここにいる。怖がることはない。捜すのはやめなさい。君が怖がっているような、そんなに恐ろしい孤独なんてありはしないのだよ。

若い医師が前にかがむと、ふさふさした髪が額にたれさがる。捜しまわる手の手首を取ってつぶやく。

「脈拍微弱。アゴニー。看護婦さん、パーテーションをここに頼む」

いや、駄目だ。こんな軽率な、くしゃくしゃ頭の若僧を、嵐の吹き鳴らすパイプオルガンの天の声、天使の声、人間の号泣の響きのさなかに死へ赴こうとする人間のベッドを任せるわけにはいかない。どうしてどうして、ねえ、可愛い看護婦さん。こんなの臨終なんかじゃありません。ただの発作です……例えば、心臓に何かが起こったとか。この死の汗も苦しみも、ただの不安にすぎません。この人は息苦しいのです。モルヒネでも注射してやれば、すぐにも眠るでしょう。

詩人が窓のところからふり返って、問いかける。

「先生、あの病棟は何科です？　この向かい側の……」

「内科ですが、なぜです？」外科医はアルコールランプの炎に見入りながら、ぼそりと答えた。

「いや、ちょっと」

詩人はそう言うと、風に揺れる木のこずえのほうへ目を向けた。すると、さっきのは内科の看護婦だったのか。それじゃあ、血に濡れた手術台の前で唇を震わせている様子を想像する必要はないわけだ。

看護婦、それを取ってくれ、それと綿だ！　綿！……いや、こんなことはない。

彼女は棒っきれのようにつっ立っているだけだ。だって、まだ、ろくに何もできはしないんだから。ただ、あの白衣の青年のくしゃくしゃ頭をぼんやり見つめているだけ。

そうさ、まず、そんなところだ。彼女はこの青年にぞっこん惚れこんでいる。だから、彼の部屋にまで通っているんだ。

なんて野郎だ。ボサボサ頭の自惚れ屋め！

心配ないよ、娘さん。あんたにゃ何も起こりはしない。わたしだって、医者といえば医者ですからね。何から何までお見通しさ。

詩人は急に不機嫌になった。

そんなことはとっくに知れている。どんな男だって、自分の好きな女が他の男の思われものだとわかったら、憤怒と煩悶にやるかたない思いをするだろう。異性をめぐる反目だの、やれ嫉妬などと言ったところで、言ってみりゃあ、性道徳なんてものは、所詮、何かを他人と共有することの不快感に基づいているに違いないんだから。

あの娘は風に浮き彫りにされた美しい脚をしていた。それに尽きる。それにしても、このおれは……すぐに作り話だ。どうも、おれは自分本位になりすぎる。

詩人は気分を害し、腹立たしそうに風に揺れる庭にじっと目を向けていた。やけに吹きやがる。畜生、何て鬱陶しい風なんだ。

「なんですって？」

「鬱陶しい風ですね」

「そう、神経に触る。コーヒーでも一杯いかがです？」

外科医は言った。

2

クレゾール、コーヒー、タバコ、それと男の体臭が充満していた。なんとなく野戦病院に似た快い、強い匂いだ。いや、ちょっと違う。そうだ、検疫所だ。キューバのタバコ、プエルトリコ産のコーヒー、ジャマイカの嵐。むしむしする暑さと、風と、風に揺れる椰子《やし》の木のざわめき。

先生、新患者十七名。すっかり弱って、死にかけています。

クレゾールを撒《ま》いてくれたまえ。こっちにクロール・カルキを頼む。さあ、早く。それから、通路を見張ってくれ。誰もここから出してはいかん。われわれは汚染している。そう、ここにいるものみんなだ。死なない限りはな……。

詩人は心のなかで密かに苦笑した。――この場合に限っては、先生、作者の私が責任ある役を演じるのも止むを得んでしょうな。私がこの修羅場の指揮を取りましょう。植民地の老医師で、疫病にかけては歴戦の勇士です。そしてあなたは私の研究助手。うん、やっぱりあなたじゃない。あの長髪の内科医がいい。

おい、君、新しい患者が十七名か。研究資料にはもってこいだ。君のバクテリヤはどうなった……若い助手はちぢこまって目をパチクリしている。髪がばさりと額に垂れ下がる。

先生、せんせい、ぼく、感染したみたいです。ほほう、すると十八番目の患者ということになるな。

彼を寝かせたまえ、看護婦さん。今晩は、私が彼のそばにいよう。

さて、この娘はそれをどんな目で見るかな。汗でべっとり濡れた彼の髪を見るときどんな目をして見るのだろう。この娘が彼を愛しているのは知れている。私が出ていったら、この愚かな娘は彼にキスをするだろうな……そしたら、また感染だ。

あのくたばりそこないのヤシの木は、なんて騒々しい音を立てるんだ！

熱に浮かされたてのひらよ、おまえはなにを摑みたいのだ？　私らのほうに手を差し延べても無駄だよ。たぶん、何もしてあげられないだろうからね。手をかしてごらん。怖くないようにしてあげよう。

脈拍微弱、アゴニー。看護婦、ここにパーテーションを頼む。

「砂糖は？」外科医が言った。

「えっ？」詩人は空想を断ち切られた。

外科医は黙って詩人の前に砂糖壺を置く。

「ぼくは今日も仕事でした。休暇が楽しみですよ」彼はあいまいに言った。

「どちらへ？」

「猟にです」

詩人は寡黙の男を注意深く見つめた。

「行くんなら、いっそどこか遠くへ行かれたらどうです……虎かジャガーを撃ちに。もちろん、そんなやつがまだいればの話ですがね」

「行きたいですねえ」

「ねえ、いろんなふうに想像してみたらどうです？　想像ならできますよ……例えば、ジャングルの中での夜明け。見たこともない鳥が木の幹をつつく音。まるで酒と油のしみこんだ木琴を叩くような音です」

外科医は頭を振った。

「ぼくは何も想像しません。医者たるぼくはね……、何が何でも見ていなければならんのです。それに、射撃のときだってそうでしょう」彼は目を細めて言葉を続けた。「見る以上は、正確に見なければなりません」

詩人は大きく息をした。

「じゃあ、あなたはいい目をしていらっしゃるわけですね。私だっていつも見ていますよ。ただし見ながら、同時に何かを想像しています。それとも、むしろこうかな。私の中で何かがひとりでに考え出されます。すると、それが動きだし、自分の意思で生き始めます……当然、私はそれに巻き込まれ、意見を述べ、訂正をしたりと、まあ、そんな具合です」

「じゃあ、書いてみたらどうです」

外科医は低い声で言った。

「とんでもない！　普通は書きません、こんな馬鹿げた話……。先生がコーヒーを沸かしておられた間にも、いまお話したようなやりかたで、内科の髪の長い、あなたのご同僚を種に、まったくばかばかしいお話を二つばかりこさえたとこなんですよ、申し訳ありませんがね」そう言って、不意に尋ねた。

「彼はどんな人物です？」

外科医はためらっていたが、やがて口を開いた。

「そうですね、やや見栄っ張りで……自信の塊……、若いドクトルにはよく、有り勝ちなことですがね。

それにしても、何であなたが彼のことに興味をお持ちなのかわかりませんね」

外科医は肩をすくめた。詩人はそれには構わずに言った。

「あの可愛らしい看護婦と、わけありなんじゃありませんか?」

「知りませんね」外科医は語気を強めた。「それがあなたに関係でもあるというんですか?」

「いや、別に」詩人は思わずたじろいだ。「物事が現実にどうあるかなんてことは、私にはどうでもいいことです。私の職業は考え出すこと。つまり、自分で演じること、ふりをすることですからね」

詩人はがっしりした上体を前にかがめた。

「私があまりにも現実にこだわりすぎたとしたらね、先生、とんだ災難を背負いこむことになるでしょうよ。だから、私は現実を自分の想像で作り出すんです。そんなわけですから、私はいつも何かを想像していなきゃなりません。現実を私の思い通りに動かせるように。

私は見るだけでは満足できません。もっと知りたい……というわけで、私はあれこれと話を考え出しているんです。いったい、それにどんな意味があるのか、それが人生とどんな関係があるのかとおっしゃりたいんでしょう? じゃあ、いま仮に、この場で何かを書かなければならないとしますね……」

「仮に、私が何かを書くとして」

詩人はほんの一瞬、ぼんやりした後にもう一度繰り返した。

「それが……フィクションにすぎないということを私は承知しています。それにです、フィクションの何たるかももちろん知っていますし、どうやって作るかも知っています。

言うならば、経験一割に空想が三割、論理的な整合性が二割。残りは新しく見せようとか、時代にマッチさせようとか、そのなかで問題を提起しようとか、解決しようとか、とりわけ読者の興味に訴えようとかいう、狡猾な計算です。でも、考えようによってはおかしな話じゃぁありませんか」

詩人は圧し殺したような声でつぶやいた。

「こんな類のありとあらゆるトリックやいじましい文学技法が、それを用いる人間の中に、自分の作り出すフィクションが現実と深い関わりがあるのだという、どうにも我慢ならない狂気じみた幻想を抱かせるなんて。はやい話が魔術師です。

彼は帽子の中からどうやってうさぎが飛び出してくるか知っているんです。それでいて、種も仕掛けもない帽子の中から嘘いつわりなく、本当に魔法で出てくると信じているのだとしたら、それは正気の沙汰とは思えないでしょう」

「何かうまくいかないことでもあったんですか?」

外科医は不愛想に言った。

「あったんです。ある晩、道を歩いていたら、後ろで女の声がしました。で、その声が言うにはこうなんです。あんた私のこと、ちゃんとしてくれないじゃない。たったこれっぽっち……ってね。もしかしたら、誰もそんなこと言わなかったのかもしれませんし、ただ、私にそんな気がしただけなのかもしれませんね。だって、あたしのことちゃんとしてくれないじゃない、と」

「ほう、それで?」

少し間をおいて、外科医は先を促した。

「その先ねえ」

詩人は顔をくもらせた。

「これからこんな話が出来ますよ。この女にはそれを言う権利があった。そうでしょう? 彼女は生活に疲れた、おちぶれた、不幸な女です……その上に、この貧困です。いいですか、この貧困の中にそれらの人々は生きているのですよ！　だから、彼女には権利がある。女は家庭であり、家事であり、女とは……要するに秩序なのです。それにひきかえ男は……」詩人は手で振り払うようにしながら続けた。「悪党です。まったく前後の見境いもない、物欲にこり固まった裏切り者、破廉恥漢、人非人……」

「それで、どんな結末になるんです？」

「何ですって？」

「結末はどうなるんです？」外科医はもどかしそうに繰り返した。

「……私にもわかりません。確かにこの女には権利があった。いいですか、すべては彼女の言い分が正当であるという点にかかっているのです」

詩人は角砂糖を指の先で砕きながら続けた。

「ところが、その男もまた自分が正しいと信じ込んでいるのです。しかもその本人が常軌を逸した、鼻持ちならん奴であればあるほど、自分が正しいという思いこみも強くなるというわけですよ」

詩人はつぶやいた。

「つまり、彼もまた悩んでいると、ね？　どうしようもないじゃありませんか。一度人生を実際に生きはじめるやいなや、もはや自分でも思い通りにはいかなくなり、自分流の生き方をあくせくと、不器用にするしかなかったんですね……」

詩人は肩をすくめた。

「その破廉恥漢、自堕落な放浪者が、よもや、私だなどとは思いもよらないでしょうね。ところが、そいつが足掻《あが》けば足掻くほど、そいつが、一層、私に似てきたのです……。結局、フィクションなんて言われているのはこんなものなんですね」

詩人は窓の外へ目を向けた。空に向かってなら気楽に言えることがあるからだ。

「こいつは駄目だ。この話はご破算にしなきゃならんな。私はね、何か非現実的なことをだしにして何となく楽しみたい……楽しんでいざるを得ないんですね。それが現実とも……私自身ともなんの関係もないようにして。ときには、このいまいましい個人的関係から解放されたい。だって、どうして私があらゆる人間の苦しみを体験しなければならないのです？　私だってときには、とてつもなく現実離れをしたナンセンスな話を作ってみたいじゃありませんか……虹色のシャボン玉を飛ばすみたいに」

内線電話がけたたましく鳴った。

「じゃあ、なぜそうしないんです」

外科医はそう言いながら受話器を取ったが、その返事を聞く間もなく、電話機にむかって言った。

「もしもし、はい、私です……何ですって？……それはまた……じゃあ、手術室へ運ぶように……もちろん、私もすぐ行きます」

「誰かが運び込まれたんです」外科医はそう言って、受話器を置いた。

「天からおっこちてきたんです……つまり、飛行機が墜落して炎上した。まったく、こんな風の中を……パイロットは焼け焦げで、もうひとりは……かわいそうに」

ドクトルは言いよどんだ。

「あなたをここに置いていかなくちゃならない。そうだ、ここに患者を一人寄越しますよ……興味の持てる患者です。まあ、医学的にはごくありふれたやつですがね、扁桃腺の手術をしただけの、ところがこの人物というのが超能力者というか千里眼でね。重度の神経過敏症か、まあ、そんなとこでしょう。

いった。

でも、あんまり信用しちゃだめですよ」

そう言うと、外科医は詩人の抗議に耳を貸そうともせずに、鉄砲玉のようにドアのそとに飛び出していった。

3

すると、こいつが千里眼か。包帯を巻いた首を片方に傾げ、縞《しま》のパジャマを着た悲しげな人形が。哀れなるは貴様もか！

パジャマは洋服掛にでも掛けたかのように垂れさがっている。男はよろよろと机に近づくと、冷えた震える手でタバコに火をつけた。せめて、こいつの目がこんなに落ち窪み、中央に寄っていなければいいのに！

それに、こんな虚ろな目ではなく、少なくとも何かを見ようとする目であればいいのに！

それにしてもドクトルは結構なお相手を押しつけてくれたもんだわい！　こんな案山子《かかし》を相手に何を話せばいいんだ？　まさか、現世の話題というわけにもいくまい。見ての通り墓場から迷い出てきたような人物と、いま流行りのトピックスについて話すのも気が利かないようだし。

「外は風のようですね」

千里眼氏が言ったので、詩人はほっとした。

天候のご挨拶か。互いに話すことのない者同士でも、天気のことなら人間共通の話題だからな。

外は風だと言いながら、千里眼氏は窓の外の悲壮な木立のざわめきに目を向けようともしない。なるほど、千里眼か！

いったい、何を見つめているのだろう。自分の高い鼻のてっぺんを見すえながら、外では旋風が舞っていることを先刻ご承知というわけか。これこそわれわれの話題なのだからな！　何をしようとしているのか言ってみたまえ。たぶん、もうひとつの視覚を働かせようとしているのだな。きっと、そうにちがいない……。

この二人の様子はちょっとした見ものと言えるかもしれない。

詩人はいかつい肩を前に乗り出して顎をつきだし、興味深げにまじまじと相手を見つめている。そうだ、敵意もあらわな目つきで、真向いの人物の傾げた首、痩せた胸、くちばしのように突き出した唇を探るように見つめている。……噛みつかんばかりだが。いや、噛みつきはしないさ。だって、彼はこの男に不快感を覚えているからね。ひとつには、この男の肉体的外見のゆえに、いま一つの理由は、千里眼だからだ。そのことが、まるで、何か不潔なもの、不愉快なものででもあるかのように感じているからだ。

しかし、この相手は……多分、何も見ていない。目をじっと凝らしてはいるが、何も見てはいない。小鳥のように頭を片方に傾げている。それに、二人の間には何かよそよそしい、緊張した、反発しあう雰囲気が漂っている。

「強烈な個性」

千里眼氏は独り言のようにつぶやいた。

「誰がです？」

「担ぎ込まれた人物」

千里眼氏は胸の奥底から煙を吐き出した。

「彼の中には……恐ろしい激しさがある。いわば炎、火事、溶鉱炉……もちろん、いまは消えつつある火事です」

詩人は顔をしかめた。このような感情的な、不正確な言葉が彼には我慢ならないのだ。

「じゃあ、あなたももうお聞きになったのですか、炎上中の飛行機のことを……」

「飛行機ですと?」

千里眼氏は虚ろに繰り返した。

「じゃあ、その人は飛行機に乗っていたのですか……ご冗談でしょう、こんな嵐の中を! まるで真っ赤に燃える流れ星だ。ただ砕け散るのみじゃないか。なぜ、そんなに急がなければならなかったのか」

千里眼氏は頭を振った。

「わからない。私には何もわからない。この男は意識不明だし、自分に何が起こったのかも知りはしない。しかし、真っ赤に焼ける火災の現場から、めらめらと燃え上がる炎の高さは測ることができる。火勢はまだ盛んだ」

詩人は不快感をあらわにして激しい鼻息をもらした。彼はこういう病的な人間には全く我慢がならないのだった。それだけではない。そのとき操縦士は焼け死んだのだ。だとしたら、それは大惨事のはずじゃないか。それなのに、この縞々《しましま》パジャマの案山子男は「お気の毒に」の一言も言いはしない。もっともと思える点も無くはない。空から落ちてきた男が、なぜこんな嵐の中を飛ばなければならなかったかという疑問だ。

「これは驚いた」

千里眼氏はうなり声を上げた。

「ずいぶん、遠くから来たもんだな！　この人の飛んだコースには海がある。変だな、この人には彼が最後にいた場所が妙にまつわりついている。その場所は海に接している」

「何の根拠で？」

千里眼氏は肩をすくめた。

「要するに海です。そして遠い所……彼は生涯にたくさんの旅行をしたにちがいない。どこから来たのかおわかりですかな？」

「それはご自分でお知りになれるでしょう」詩人は思いっきり刺《とげ》を含めて言った。

「どうやって知るんです？……彼はいま意識不明なのですよ。だから何もわからないのです。あなたは本を閉じたまま中身を読めますか？　できるかもしれんが、かなりむずかしい。いや、非常にむずかしい」

「閉じたまま本を読む、か」詩人はむっつりして言った。「私に言わせれば、少なくとも無駄なことでしょうな」

「あなたには、たぶん、そうでしょう」千里眼氏はそう言って目をそらした。「そう、あなたには無駄でしょう、詩人ですからな。そう厳密にお取りにならなくてもいいんです。閉じたままの本を読むなんて苦労をされなくても。あなたの方法はどちらかといえば簡単だ」

「どういう意味です？」詩人は攻撃的に身を乗り出した。

「ただそれだけ。他に意味はありません」千里眼氏は言った。「考え出すことと認識することとは別のことですからな」

「すると、私たち二人のうち、あなたは認識するほうの人間ということになりますね」

「今度は推論ですか」千里眼氏は鼻の先で会話にピリオッドを打つかのように小さくうなずいた。

詩人の表情には険悪な影が差し始めた。

「言っておきますが、私たち二人がお互いに理解しあえるようになろうなんて気は、私には毛頭ありませんからね。確かに、私が好き勝手にいろんなことを考え出し、想像するのは事実です。しかも、ほんの気まぐれとか思いつきからね……」

「わかってますよ」千里眼氏はさえぎった。「あなたも、やっぱり、空から落ちてきたあの人物のことを考えていたんですね。あなたも、やっぱり、あの人物の背景に海を思い浮かべていましたね。しかし、あなたが海を思いつかれたのは、ほとんどの空路が各地の港に連絡しているからという、そんな連想からだけだったでしょう。まったく皮相な根拠ですよ。海から飛んでくることができるということから、どこから飛んできたかを明確に結論づけることはできません。典型的なノン・セキトゥール(誤った推論)の実例ですよ。可能性から結論は引き出せません。ただ、言えることは」千里眼氏は論争を挑むかのように激しい語調で続けた。「この人物は本当に背後に海を背負っています。私にはそれがわかるのです」

「どんな具合にです?」

「全く正確に。印象の分析です」

「海が見えるのですか?」

「いいえ。演奏されている曲を認識するのに、ヴァイオリニストを見る必要はありません」

詩人は何か考えでもするように首筋を撫でた。

「海の印象か……それは、たぶん、私が海を好きだからでしょう。しかし、それは私の見たことのある海ではありません。私が想像する海は暖かくて濃く、光るときには油脂のように見える海なのです。海草の生える海原はまるでどこかの草原をほうふつとさせ、時折、そこから何かが飛び出してきては、水銀のようなにび色の輝きを放つのです」

「それは飛び魚です」千里眼氏は詩人が密かに思い描いていたものを口にした。

「こまったお人だ。仰せの通り、飛び魚に違いありませんな」

詩人は低くつぶやいた。

4

外科医が戻ってくるまでに、ずいぶん長い時間が過ぎていた。やっと戻ってはきたが、何かぼんやりしていた。

「ああ、まだいらしたんですか」

外科医は低い不愛想な声で言った。

千里眼氏はもの悲しげな鼻をどこかあらぬ方に向けて、じっと何かを見つめている。

「ひどい脳震盪《のうしんとう》だ。どうやら内部に傷害を受けている。下顎および頭蓋骨骨折。顔面ならびに腕に、第一度ないし第二度の火傷。鎖骨骨折」

「まさにその通り」外科医は深くもの思いにふけりながら言った。「彼は重傷です。しかし、それにしても、どうしてそれをご存じなのです?」

「いま、まさに、あなたがそう考えておられたでしょう」千里眼氏は申し訳なさそうに言った。

詩人はいやな顔をした。どこかへ失せてしまえ、この魔法使いめ。おまえがおれを不愉快にしているのがわからんのか。おまえがもし人の考えていることを一言一言読み取ることができるとしても、誰がおまえなんかを信じるものか。

「それで、その人物とはいったい誰なんです？」

詩人は心の中とは裏腹な質問を発した。

医師は低くつぶやく。

「彼の書類は焼けてしまいました。彼のポケットの中に入っていたものといえばフランス、イギリス、アメリカの硬貨とオランダの贋《にせ》硬貨くらいのものです。たぶん、ロッテルダムを経由して飛んだのでしょう。しかし、定期便ではありませんでした」

「その男は何もしゃべらないんですか？」

外科医は首を横に振った。「だめなんです。完全に意識がないんです。何か言うほうが不思議なくらいですよ」

重い沈黙が漂った。千里眼氏が立ち上がり、ふらふらしながらドアのほうへ歩いていった。

「やっぱり閉じられた本ですな」

詩人は千里眼氏の姿が廊下へ消えるまで、暗い表情で見送っていた。

「先生、先生は本当にあの男が言ったようなことを考えておられたのですか？」

「え？　ああ、もちろんです。あれは少し前に、私が下した診断ですよ。私はああいう読心術なんてものは好みませんね。それに医者の立場から言えば不謹慎です」

彼は臨床医らしく断言し、それでこの問題を打ち切りにしたいようだった。

「たしかに、あいつはペテン師ですよ」

詩人は憤然として言い放った。

「他人の考えていることなんか、誰にもわかるはずがない！　ある程度のことなら理性で推論することはできるでしょう……例えば、あなたが戻ってこられたとき、あなたが……空からおっこちてきた例の人物のことを思っておられるなっていうことが、直ぐにわかりましたよ。あなたは心配しておられる。何かを不安がっておられる。それが深刻な状態にある。そんなことがわかりました。だから、私は密かに思ったのです。まてよ、こいつは内部的な傷害に違いないとね」

「なぜです？」

「理性から。総合判断から。先生、私はあなたを知っています。先生はぼんやりなどなさる方ではありません。しかし、ここへ入ってこられたとき、先生はもう着てもいない手術衣のボタンをはずそうとなさいました。

このことから推察いたしますと、先生の頭の中にはまだあの患者のことがあるんだなということがわかります。そうか、よほど気になることがあるんだなと私は密かに思いました。これはきっと、直《じか》に見たり、触ったりすることのできないことに関係がありそうだと……たぶん、精神的な傷害だなと」

外科医は重々しい表情でうなずいた。詩人は続ける。

「それにしても、私は先生の様子をじっと観察していたのですよ。それが私の用いたトリックのすべてです。観察し、推論した……これならまやかしとは言えないでしょう。ところが、あの魔術師ときたら」

詩人は軽蔑の念を露骨に見せた。

「自分の鼻先を見つめながら、先生の考えておられることを先生の前で言うんですからね。私は先生を注意深く見ていたのです、瞬《しばた》きもせずに。全く……不愉快な話だ」

風のうなりに包まれた静けさがふたたび訪れた。

「いまも、先生は思っていらっしゃる……あの患者のことを。何か尋常ではないことでもあるんじゃありませんか?」

「たしかに。彼には顔がないのです」外科医は静かに言った。「ひどい火傷で……。顔もなければ、名前も、それに意識さえないのです……。せめて、彼を知る何か手掛りでもあればいいのに!」

「あるいは、このこと。なぜ、こんな風の日に飛んだのか。こんなにまで、死にもの狂いにどこへ行こうとしていたのか? 何か取りかえしのつかなくなるのを恐れていた? 何が彼をこんなにまで無謀で、短慮な行動に走らせたのか? 死さえも恐れていなかったのは確かだ。パイロット君、もし私が望むところに運んでくれたら、十倍の料金を払うがねえ。西向きのハリケーンだと? お誂《あつら》えむきじゃないか、少なくとも速く飛べる。……彼については全く何も……?」

外科医は首を横に振った。

「いかがです、もしお嫌でなければ、その男とお会いになりませんか?」

彼はふいに言って立ち上がった。


ベッドのそばに座っていた修道尼の看護婦が体を動かすのもやっとというふうに立ち上がった。年老いてくたびれはてた慈悲の働き女は、はれぼったい太った足、血の気のない平べったい顔をしていた。

隣のベッドの老人は無関心に顔をそむけた。彼はあまりにも自分の病気の苦しみにかまけて、患者とそれ以外の人たちとの間に横わる溝を踏み越える気にはならなかったのだ。

「今までのところ、意識が戻ったという様子は見られません」

看護尼は両手を腹の前に組んで報告した。この尼さんが気を付けの姿勢をして立っていたら、上官を前に報告をしている年増の女兵士といったところだろう。ただ目だけは心配そうに、人間的に瞬《しばた》いている。

詩人はふと人間的な目をした猿のことを思い出して自分を恥じた。そうだ、それにしてもあの目は思いもかけず、びっくりするほど人間的だったな！

なるほど、するとこいつがまさに問題の患者か。詩人は心臓の高鳴りを抑えながら眼前に出現するだろう光景にたいして心の準備をした。その男の無残な姿を目の当たりにしたら、恐怖に息を詰まらせ、口を手で押さえながら逃げ出してしまうかもしれない。

予期に反して彼がそこに見たものは、白い包帯を幾重にも巻かれた清潔な、むしろ美しいともいえる巨大な繭《まゆ》だった。なるほどね、こいつは清潔な作品、巧妙の極みだ。その繭は綿とガーゼと綿布でできた人工の手と大きな純白の足を、ベッドの掛布の上に横たえている。やれやれ、こんなに綿や包帯を巻きつけて、いったいどんな伊達男に仕上げようというんだろう。開いた口が塞がらないとはこのことだ……。

詩人は額にしわを寄せて、シューッという音とともに息を吐いた。確かにこれは息をしている。ベッドの上に延びた白い手がほんの少し、上がったり下がったりしている。どうやら息をしているようだ。包帯の切れ目の赤っぽい隙間は、きっと口だな。

それと、ここの綿で縁取りをした小さな輪のなかの落ち窪んだ暗いところは……ああ、これが輝きを失った目だなんてあるはずがない。これは人間の目ではない。そうとも、これは閉じた瞼《まぶた》だ。この目が見てるんだとしたら、ぞっとする。詩人は包帯をぐるぐる巻きにした作品に身をかがめて覗き込んだ。すると、閉じた瞼の端がふいにピクピクと動いた。

詩人は恐ろしくなり、気が遠くなりそうな気がして身を引いた。

「先生、気がついたんじゃありませんか?」

「いや、そうじゃありません」

外科医が慎重な態度で言うと、看護尼は雨垂れのリズムにも似た規則正しさで、人間的な瞬きをした。同情の激流は収まり、この二人も平静に戻った。

静かに静かに。すべて異常なし。雨垂れのように規則的に、意識のない人物の胸のあたりの掛布が上下する。すべて異常なし。動揺も混乱もない。もうこれ以上不幸なことは起こるまい。

駆けまわる人も気をもむ人ももういない。体の各部が元通りになれば、痛みも治まるだろう。隣のベッドの患者が無遠慮に、規則的にうめき声を上げている。

「かわいそうに。この人はキリストみたいに切り刻まれているんですよ」外科医は低くつぶやいた。

修道女は十字を切った。

詩人は包帯を巻かれた頭上の空中に十字を書きたかったが、なんとなく気恥ずかしかった。彼は困ったような顔でドクトルを見やった。外科医はうなずいた。

「行きましょう」

そう言って、爪先立ちで外に出た。

今はもう何も言わないほうがいい。平穏と静寂の水面を波立たさせずにおこう。やっと取りもどした沈黙を破らずにおこう。静かに、静かに。なぜか不思議な、それでいて人に厳粛な気持ちを抱かせずにはいないこのものを、そっとしておこう。

病院の門のところまで来ると、そこにはすでに生活の混乱と騒音が始まっていた。外科医はそこではじめて、もの思いに沈んだ調子で言った。

「奇妙な話ですね。これほどまで何の手掛りもないとはね。患者Xとしか記しようがありません。この患者のことについては、これ以上お考えにならないほうがいいと思いますよ」

外科医は手で何かを振り払うようにして言った。

5

無意識の状態は依然として次の日も続き、熱は上がり、心臓は弱ってきた。いずれにしても、生命の火が消え去ろうとしているのは確かだった。ああ、なんたる難題。われわれの推し量ることもあたわぬこの空隙をいかにして埋めるべきか。過ぎ去った人生の痕跡を書き留めるよすがとなるべき顔も名前もてのひらさえもない。

要するに、そんな無言の肉体を手を拱《こまね》いて見つめるしか、なす術はないのだ。名前がわかれば、どんな名前でもいい。そうしたら、こんなにまで……いったい、これはどうしたことだ……不安な気持ちにならずにすんだだろうに。確かに、これこそ謎だ。

看護尼はこの見込みのない患者を自らの異常なまでの、一方的な献身の対象として選んだかのように見えた。彼女はベッドの脚のそばの硬い椅子にぐったりと座っていた。ベッドの頭のところには名前はなく、その代わり病名だけがラテン語で記してあった。彼女は弱々しい早い息を繰り返す、この白いさなぎから目を逸らそうともしない。きっと、お祈りをしているのだろう。

「どうです、シスター、おとなしい患者じゃありませんか？　どうやらこの患者がお気に入りのようですね」

笑顔も見せず外科医はささやいた。

看護尼は言訳でもするように、せわしげに目を瞬かせた。

「まったく一人ぼっちなんでございますからねえ。それに名前さえないんでございますよ……」

まるで名前が人間の支えでもあると言わんばかりだ。彼女はてのひらで目をこすりながら言った。

「夜になると、この人が私の夢のなかにまで出てくるんでございますよ。だから、ひょっとして、目を覚まして、何か言い出すんではないかと、そんな気が……。私にはわかるんでございます、この人が何か言いたがっているのが」

外科医は舌の先まで出かかった言葉をのみこんだ。〝この人はもうお休みなさいの一言さえも言いはしませんよ。自分に言うために残しているんです〟。結局、彼は何も言わずに、看護尼の肩に軽く手を触れただけだった。病院のなかではねぎらいの言葉はいたずらに用いられない。老看護尼は大きなごわごわしたハンカチを取り出すと、激しい感情にかられて鼻をかんだ。

「せめて、誰かがいてあげないと」

彼女は多少とまどいながら言いつくろった。彼女の体は体内で醗酵した患者にたいする心遣いで大きく膨らみ、これまでにもまして一層どっしりと、しかも忍耐強く患者のそばに腰をすえたかのように見えた。なるほど、せめてこの男が一人ぼっちにならないようにか。

なるほど、寂しがらないようにね。それにしても、この患者ほど大騒ぎをさせた患者がこれまでにあっただろうか。外科医は一日に二十回も用もないのに廊下を歩きまわり、偶然通りかかったようなふりをして顔をのぞかせる……なにか変わったことは？　シスター。

いえ、別に。そのようにして、誰もが六号室に顔をのぞかせる。

医師たちも、看護婦たちも……ここに誰それさんはいませんかとかなんとか言って。でもそれは、ほんの少しのあいだでも、この名前の記されていないベッド、顔のない人物のそばに止まるための口実にすぎないのだ。〝かわいそうに〟みなの目はそう言ってから爪先立ちで去っていく。

そして、看護尼は、この大いなる無言の看護のなかで、ほとんど目に止まらぬほど微かに体を揺らし続けるのだった。


こうして、早くも三日目になった。

意識不明の状態がずっと続く一方で、熱は四十度以上にも昇っていた。患者は落ち着きなく、手は掛布の上をさまよい、意味をなさぬ言葉をつぶやいていた。

この肉体はどのようにして自分を護るのだろう、……護るべき意識も意思もすでにない。心臓だけが糸の切れた織機の中で飛び交う杼《ひ》のように鼓動している。無駄に飛び交うだけで、もはやいかなる人生の綾織りも織り出しはしない。

看護尼はこの意識不明の男のベッドから目を逸らそうともしない。

外科医は言いたかった。ねえ、シスター。無駄ですよ。あなたがここに座っていてもどうにもならないことは、神様だってご存じだ。行って、お休みになったほうがいいですよ。看護尼は何か気掛りなことでもあるのか、しきりに目をしばたいている。何か言いたいのだが、規則と疲労が彼女の唇を縛っている。そうでなくても、この患者のベッドのそばでは誰もが言葉数も少なくなり、声も低くなってしまうのだ。

「シスター、後で、私のところへおいでいただけませんか」

外科医はそう告げると、次の回診へと去っていった。

看護尼は重そうな体を固くして外科医の部屋の椅子にかしこまっていた。どう切り出したものかわからない、うつむけた目、上気した顔には赤い斑点が浮きだしている。

「どうしました、シスター、どうぞご遠慮なく」

外科医はまるで相手が小娘ででもあるかのように、老女に助け舟を出した。すると、老女の口から不意に言葉があふれ出した。

「今日、私、あの方の夢を見たのでございます。これで二度目でございます」

さあて、これで胸のつかえがおりましたね。ところがドクトルは吹き出さなかったばかりか、尊敬おくあたわざる尼僧を戸惑わせるようなことさえも口にしなかった。むしろ、興味に満ちた目を向けて、次の言葉を待った。

「なにも私が夢を信じるというのではございません」

看護尼はやや戸惑いながら言いそえた。

「でも、話のつながった夢をふた晩も続けて見たとなりますとね、自然にそうなったとも言えませんものねえ。本当のこと申しますと、私もときには夢占いなどしなくはないのでございますが、それとても、侘《わび》しさからの手すさびで、わが身に関わる何かの意味を読み取ろうというのではありません。

夢が当たったなんて、あった例《ためし》がないんですもの。ですから、私が夢にこだわりますのも、迷信からではございません。たしかに夢は繰り返したり、後戻りしたりいたします。でも、現実が連続するように夢が続くというのは夢らしくありません。もし私の夢のなかに、私の口にしていけないようなことがありましたら、どうか聖母マリアさま、私をお許し下さいまし。

私は司祭さまよりも先生に親しくしていただいておりますので、私の告白としてみんな先生にお話しいたします」

外科医は厳粛な面持ちでうなずいた。

「先生に何もかもお話しいたします」

看護尼は続けた。

「それと申しますのも、このことがあの患者さんに関わることだからでございます。でもその内容は私が後になって頭のなかで整理して、つなぎ合わせたようなものになると思います。だって私が見た夢と申しますのは、いろんな場面が入れ代わり立ち代わり現われてくるんでございますもの。はっきりしているところがあるかと思えば、混ぜこぜになっていて、つながりがないところもあるのでございます。

なんの脈絡もないお話が藪から棒に飛び出してくるみたいに。

ときには、その人が本当に何か話しているんだと思えるようなこともありました。今度はまた、何かが本当に起こっているのを目の当たりにしたような気がしたこともありました。この夢は全く混乱していて、馬鹿げていましたので、夢の中でさえ目を覚ましたいと思ったくらいでございます。でも、できませんでした。

この夢は昼日中まで続けて見るほど生ま生ましくてしつこいものでした。でも今ではこの夢も、順序よく、混乱した場面もなしに、すらすらと思い出すことができますわ。

これはもう夢なんかではありません。どんなことでも、そのなかに何かの秩序がなければ、私たちにとってそのものはただの夢物語に成り下がってしまいます。秩序は現実的なものの中にしかないものですわ。それだからでございます。この夢の中にこれまでの夢とは比べものにならないほどたくさんの筋の通った話のつながりがあるのに気がつきましたときには、それはもうほんとに驚いてしまいましたわ。そんな訳ですから、その夢をお話しするといたしましても、いま私が理解しているようにしかお話しできないと思います」

6

「昨晩、私は初めてその夢を見ました。その人は金ボタンのついた白いシャツを着て、ブーツを履き、鉄帽をかぶっていました。でもその鉄帽は兵隊さんのかぶるようなのではありません。それにシャツも私が見たこともないようなものでした。顔はジプシーのように黄色くて、熱っぽい目をしていました。チフス熱にかかった人のような目でした。あの人はきっと熱病にかかっていたんですわ。だって、何かうわ言のようなことを喋っていましたもの。

先生がどなたかの夢をご覧になるとき、その方がお話しになるのを聞かれたり、唇の動きに気づかれたりしたことはございませんでしょう？　何を話しかけているかわかるだけでございますよねえ。そうは申しましても、人がどういうふうに夢を見るかなんて、私、これまで思ってみたこともございませんでした。私にわかりましたことは、その人が私に向かって、何か早口で、私の知らない外国の言葉で話しかけているということだけでした。

何度か、私を『ソル』と呼んだのを覚えております。でも、私にはそれが何のことやらわかりません。

あの人は私が理解しないものですから、もどかしそうにして、ほとんど気を落とさんばかりした。そうして、長いこと話しました。それでも、やがて、ここがどこだか気がついたのでしょう……きっと、私たちの国の言葉で……話しはじめました。それだって、ふと私にあのひとの話が理解できるようになりましたのでそう思うだけのことですけれど。

『シスター』その人は言いました。『できることなら、どうかぼくのお願いを聞いていただけませんか。あなたはぼくがどんな状態かご存じのはずです。ああ、ぼくはなんて不幸なんだろう。神さま、ぼくはなんと不運、なんたるつきのなさ！　これがどんなふうに起こったかさえ、ぼくにはわからないのです。いきなり地面がぼくたちのほうに飛んできたみたいでした。せめて、この掛布の上に指で字を書くことさえできれば……必要なことはみんな書くんだけど。でも、ご覧の通り、ぼくはこんなありさまです』

その人は私に手を見せましたが、包帯は有りませんでした。それがどんなにひどかったか、今ではもう思い出すこともできません。

『駄目だ、駄目だ、ぼくには書けない』

その人は泣いて訴えました。

『見てください、この手を！　みんなあなたにお話しします。でも、どうか一つだけ片を付けるのに手を貸してください！　何もかもお話しします。ぼくが気が狂ったみたいに飛行機を飛ばせていたのは、すべてにけりをつけるためだったのです。

でも不意に地面が急激に傾いて、ぼくたちの上に落ちてきたのです。多分、何かが起こったのです。ぼくたちに向かって炎が襲いかかってきました。今まで見たこともないような炎です。ぼくはいろんなものを見てきました。船が燃えるのも、火だるまの人間も見ました。山全体が燃えるのも見ました。でも、いまさら言っても始まらない。もはや、なんの意味もありはしない。必要なことはただ一つ』

『ただ一つ』

その人は繰り返しました。

『でも、その一つのことが、人間の一生であることが今ではわかります。

ああ、シスター、あなたはぼくに何が起こったのかお聞きではありませんか？　ぼくは頭に怪我をしたのでしょう？　だって、ぼくはなんにも覚えていないんですもの。意識にあるのはぼく自身の生命だけ。

昔、何をしたかなんてなんにも覚えちゃあいないんです。ぼくは、いったい、どこに住んでいたのかもわかりません。人間の名前もなくし、ぼくが、なんという名なのかもわかりません。

このすべては附随的で、かりそめのものです。もし、ぼくが、本当にあったことしか思い出せないのだとしたら、ぼくはきっと脳にすごいショックを受けたのに違いありませんね。誰かがぼくの名前をあなたに告げたとしても、本当にしないでください。

だから、ぼくが島や冒険について何か口走り始めたとしても、それはぼくの戯言《ざれごと》くらいに思っていてください。それがどの部分に当てはまるのか、ぼくにもわからない破片に過ぎないのですから。そんなものからはもはや人間の物語を組み立てることはできません。

人間の全体像などというものは、彼が行なうべくして行なわれずに残されたものの中にあり、それ以外のものはみんな破片や断片であり、一目で摑みきれるものではありません。そう、そう、そう。時々、人間は過去の何かを摑み出して、これぞ私だ、と思っています。

ただ、ぼくの場合には難しいのですよ、シスター。何かが起こって、そのときぼくの記憶が砕けてしまったからです。ぼくの中には、ぼくがこれからしたいと思っていたことの外に、完全なものは何も残ってはいないのです』

7

看護尼は何か覚え込んだことを暗唱するかのように、床の上の一点に目をすえて体を揺らしながら話し続けた。

「不思議なことに、私の見た夢ははっきりしているようでいて、なぜかすごくあいまいなのです。それがどこだかはわかりませんが、その人はなにか藁《わら》ぶきの小屋に通じる木の階段の上に腰をおろしていました……」

彼女はほんの少しのあいだ考えてから話を続けた。

「そうでございます、その小屋は、なんというか、テーブルの足のような柱の上に建っていました。その人は階段の一番下の段に、両足を大きく開いて腰掛けて、タバコのパイプをもう一方の掌にぽんぽんと叩きつけていました。顔をうつむけていましたので、白いヘルメットが頭に包帯を巻いているみたいに見えました。

『シスター、どうしてもわかってもらわなければならないことがあるんです』

その人は言いました。

『それは、ぼくが母のことを覚えていないということです。不思議なのは、母のことはなにも覚えていないというのに、ぼくの記憶のなかの母の抜けたあとには、何かがあったはずの空っぽの、なにも見えない空間みたいなものが残っているだけなのです。

ほうら、ね、ぼくの記憶が決して完全ではないってことがわかるでしょう。だって、ぼくの記憶の中には母が欠落しているのですからね』

そう言って、その人はうなずきました。

『それはずっとぼくの人生地図の未記入の領域のようなものでした。自分の母親を知らないのですから、ぼくは一度も自分自身をも認識することができなかったのです』

『父に関するかぎり』その人は続けました。『ぼくたち相互の関係は、決して良好でもなければ、信頼に満ちたものでもなかったと言わざるを得ません。それどころか、本当のことを言えば、ぼくたちの間には静かななかにも妥協を許さぬ憎しみが横たわっていたのです。

父は、言わば、超真面目人間でした。仕事場でも重要な地位を占めていましたし、あらゆる面で自分の義務を果たしてきたのだから自分の人生は完璧であると思い込んでいました。

ところが父の言う義務とは何かといえば、仕事に励むこと、財を築くこと、おまけに、隣人の間にあって最高の尊敬を得ることなのです。このすべてが、死以外には終わらせることのできない束縛となっていました。

だから実際、父はこの使命すらも果たして満足だといわんばかりに、厳かに、安らかに死んでいきました。

ぼくと口を利くときは、必ずというくらいに、自分の例を引き合いに出して説教をしました。父は多分、人生というものを子孫が相続する、遺産の家屋や工場のように前もって出来上がっているものというふうに考えていたようです。

父は自分自身を、自分の信条を、それにまた自分の手柄を殊の外大事にしていましたから、自分の人生もまた遺産として継承されるに値するものと思えたのです。たぶん、ぼくを父流には愛してくれていたし、ぼくの将来のことも心配してくれていたのでしょう。

でも父には、自分自身の経験の反復としての未来以外には考えられなかったのです。ぼくは賢い善い子のイメージに結びつきそうなことはいっさい、何から何までぶち壊すことに、意地悪く、密かに全力を注ぐという形で父を憎みました。

ぼくは怠け、反抗し、ふしだらな生活に浸りました。少年のころにはもう女中と寝ていました――それ以来、女中たちのざらざらした手の感触が忘れられません。ぼくは父の家を目に見えぬすさんだ空気で満たしました。ぼくがこの老人の確信をしばしば揺るがせたのは確かです。だって、父にしてみれば、自分の人生がどうにも手に負えない野放図な、無軌道なものとしてぼくの中に現われるのを見なければならなかったのですからね』

『シスター、若者の生活がどんなものか、お話しするのは差し控えましょう。ええ、そうですとも、ごく在り来たりのことです。そんなことまで、いちいち恥ずかしいとは思いません。確かにぼくは不良で、性根の腐った子供でしたが、青年時代には他の連中とそれほど違っていたわけではなく、みんなと同様に何より自意識にあふれていました。

いわく、ぼくの恋。いわく、ぼくの経験。いわく、ぼくの意見。

何から何までぼくのでした。人間は自分が最初だと思って体験したことも、実は、それほど純粋に彼のものでもなければ、彼だけのものでもない、ごくありふれたことだということに、後になってやっと気がつくのです。人間の中には青年期よりも、幼年期に体験したもののほうが多く根づいています。幼年期。そう、それはすべてが、全く新しい現実です。それにひきかえ青年期は——なんとたくさんの思い込みや非現実なことを胸いっぱいに詰め込んでいることか——。だから、それらのものは忘れられ、失われてきたのです。

それとも、幸か不幸か、いかにたぶらかされ、いかに人生を愚かしく生きてきたかに、誰も気がつかないだけなのかもしれません。ぼくには思い出したいことなどありません。だから、もしぼくの頭の中に何かが思い浮かんだとしても、それはもうぼくではない、ぼくとは無関係だと感じるでしょう』

『そのころ、ぼくはもう父の家には住んでいませんでした。ぼくにとって父は他の誰よりも親しみのない、疎遠な存在でした。だから、父の棺の前に立ったとき、ぼくの存在が今は死んで変り果てたこの他人の肉体に起因しているのだとは、とても恐ろしくて想像することさえできませんでした。

ぼくはもうこの死者といかなるきずなも結ぶことに耐えられなかった。ぼくの目にあふれる涙も、ぼくがこうして一人ぼっちになったという認識にたいする涙に過ぎなかったのです』

『ぼくが父から莫大な財産を相続したことは、たしかもうお話ししましたね。でも、この金さえも、なんというか、父の威厳と義務感が染み込んでいるみたいで、ぼくにはよそよそしく感じられたのです。

父は財産を、その中に自分が末長く生き続けるべきものとして築いたのです。父の金は父の生涯と地位を持続させるべきものでした。ぼくは父の金を憎み、その金に復讐するために、怠惰と逸楽のために使い果たしました。必要に迫られるということがまるで無かったので、ぼくは何もしませんでした。でも、辛くも苦しくもないぬるま湯のような現実とはいったい何でしょう？　ぼくはどんな気紛れな欲求でも満たすことができました。

シスター、それはねえ、すごく退屈でしたよ。それに一日をどうやって過ごそうかと思いあぐねることは、宝石を砕くよりはるかに苦労の要ることです。無駄でした。浮気な人間が人生から受ける恩恵は乞食にも劣るのです』

すこしの間、黙りこんだあとで、また語り始めました。

『そんなわけで、ぼくが自分の青春時代をどうして悔やむのか、ぼくにも確信がないのです。ぼくが、いま、青年時代に戻るとしても、それは青春の泉を飲み干すためではありません。ぼくは自分が若かったことを恥じます。だって、ぼくはその若さのゆえに、自分の人生を台なしにしてしまったんですからね。それはぼくの人生の中で最高に愚かしく、最高に無意味な時代でした。それでも、ある事件がぼくに起こったのはまさに、この時代だったのです。

でも、その事件の持つ意味をぼくは、当時、気がついていませんでした。ぼくは事件だなんて言いましたが、それはどう見たって大冒険といったものとは似ても似つかない代物に過ぎません。ある娘を知り、ものにしようと、決意を固めたというわけです。

本当は愛していたのです。でも、そんなことは若いころにはありがちなことです。これがぼくの初恋だったか、もう名前さえ忘れてしまった数多あるなかの最も激しい恋だったか、あるいは、そうでなかったかは、今もってぼく自身にもわかりません』

8

看護尼は気遣わし気に首をふった。

「あの人はこんな話を、懺悔《ざんげ》でもするように語ったのです。何もかも打ち明けようとしているのだというこことがわかりました。きっと、死を覚悟しているのですわ。でも、私にできますことは、夢の中で、資格もない人間になされた懺悔が、奇跡と慈悲によって神さまに受け入れられますようお祈りすることでしかありません。

神さまといたしましても、意識不明の人間にはすべての罪をあがなうのに必要な悔い改めの気持ちを十分呼び覚ますことができないのは、お認めくださいますでしょう。

『彼女がどんな娘だったたか、お話ししなければなりません』

やがて、その人は語り始めました。

『変だなあ、ぼくはもう彼女の顔さえ思い出すことができない。彼女の目はねずみ色で、少年のようなしわがれ声をしていました。彼女もやはり子供のころ母親を亡くしていて、父親と一緒に住んでいました。彼女はその父親を尊敬していましたが、それももっともな話で、彼は素敵な老人で、それにまた正真正銘の立派な技師でした。

彼女は父親と自分自身の喜びと誇りを満たすために技師になる勉強をして、工場で働くことになったのです。

ねえ、シスター、あなたにはあんな小娘が、蒸気ハンマーや旋盤や真っ赤に焼けた鉄棒を打つ上半身裸の男たちの間に混じって、機械工場の中で働いているところを想像できますか?

彼女は娘でもあり、妖精でもあり、勇敢な少年でもありました。工員たちのだれもが彼女を崇拝していました。周囲はみんな男ばかりでしたから、彼女は一種独特の優しさに満ちた世界に生きていたのです。一度、そう、一度だけ、彼女はぼくを自分の仕事場に連れていってくれたことがあります。そのころ、ぼくは彼女にぞっこん惚れ込んでいました。背中に汗したたくましい男たちの中で見る彼女は、いまにも壊れそうでもあり、健気で愛らしくもありましたが、小さなしわがれ声で話しながら、炎や鉄や製品を前にした姿には技師の貫禄さえ漂っていました。

普通なら、ここは娘なんかの来る所ではないと言うでしょう。神よ、どうか私の罪をお許しください。でも、ぼくはまさにこの時から、彼女が長い眉をしかめて、真面目くさった顔で製品を確めている姿を見た瞬間から、狂おしくも、また愚かしく、彼女を恋し始めたのです。それとも、彼女が大きな父親と一緒に立ち、父親はそれが自慢の息子ででもあるかのように肩に手をかけ、自分の職人芸を伝授している、そんな姿を見たときからかもしれません。

工員たちは彼女のことをミスター・エンジニアと呼んでいました。そして、ぼくは彼女の娘っぽい首筋のあたりにじっと目を注いで、激しい情欲にさいなまれていました。その情欲はなにか自然の掟に背くものであるかのように、ぼくの心をかき乱したのです』

『彼女はこの上もなく幸せでした。自分の年老いた父と自分自身に対する誇りで幸せでした。みんなが愛してくれることで、自立した生活を営んでいることで幸せでした。静かな、過不足のない充足感で幸せでした。目は穏やかな輝きに満ち、少年の声はわずかな言葉をおっとりと語り、てのひらや指には拭いても取れない製図用のインキがしみを残していましたが、それすらもぼくは愛してしまったのです。

ぼくのほうはどうかと言えば、若いだけに自惚れも強く、軽佻浮薄でした。だからでしょう、ぼくは表面上は自信たっぷりに振る舞っていたにもかかわらず、この娘はぼくを惑わしました。ぼくには彼女が中性的な、男まさりの女を演じているように見えました。ぼくはなんの謂れもない悪意から、彼女を女として辱めてやろうと心に決めたのです。もし彼女を誘惑できたら、ぼくの勝ちなのだというふうに想像していました。

多分、ぼくは彼女の前で、自分自身も、ぼくの退屈と無為を恥じていたのだと思います。だから、だからこそ、ぼくは男の支配欲を自分自身に誇りたかったのです。勿論、これだって今だからこそできる解釈で、当時のぼくには、ただひたすら愛や欲望があるのみ、彼女の前に立ちはだかり〝あなたを愛します〟というすすり泣きを絞り出したいという法外な願望があるのみでした』

彼は考え込み、しばし思いあぐねていました。

『シスター、そして、今、ぼくには語るも涙のある事件を迎えることになるのです。でも、こうなったら何もかもお話しいたしましょう。それは初恋ではありませんでした。初恋ならすべては――それをどう解釈されてもかまいません。ほとんど無意識のうちに、否応なしに来てしまうものですけどね。ぼくは彼女が欲しかった。だから、彼女をものにするための方法を講じたのです。ぼくに思いつく俗世間的策略が、このおぼこ娘の並外れな、ほとんど山出しともいえる素直さ、純粋さに比べて、いかに的はずれで、下劣で無力に見えたか、思い出しても恥ずかしくなります。

彼女はこんな策略やぼくさえも超越したところにあり、ぼくとは出来が違うのだということがわかりましたが、もはや手を引くこともできませんでした。

人間とは浅ましいものですね、シスター。

ぼくは嘘でも催眠術でも、あるいは睡眠薬でも、どんな手段でもいい、なんとしても彼女を誘惑し、教会を冒瀆するみたいに彼女を凌辱したいという拷苦のような、おぞましい想念にどっぷりと浸っていたのです。

いいですか、シスター、正直のところ、ぼくはもうそのとき自分自身が悪魔に見えましたよ。ところが、ぼくが心の中で彼女を辱めていたというのに、彼女のほうはぼくを愛してくれていたのです。シスター、彼女はぼくを愛していたのですよ。そして、ある日、花が枝からぽろりと落ちるようにいともあっさりとぼくに愛を打ち明けました。おお、神よ、それはぼくの情欲が想像していたのとは何たる違いだったことでしょう。その違いの最たるものは、ぼくが初めて恋をした少年のように不様だったということです――』

そう言いながら、その人は両手で顔をおさえ、体を固くしていました。

『そうですとも、ぼくは豚です』

しばらくして、言いました。

『だから、ぼくの身に起こったことはすべて身から出た錆《さび》なのです。ぼくは目を閉じて横わっている彼女を見おろして、いかにもそれらしく見える勝利を十分味わおうと待ち構えていました。ぼくは彼女の目から涙があふれ、羞恥と絶望に顔を覆うものと期待していたのです。ところが彼女は静かで、穏やかな表情を見せ、まるで眠ってでもいるかのような安らかな息づかいをしているのです。ぼくは不安になり、彼女に布団をかけて、ぼくの中の虚栄心の悪魔をむち打つために、窓のほうにいきました。振り返ると、明るい大きな瞳でぼくをじっと見つめているではありませんか。微笑を浮かべながら言いました。さあ、私はもうあなたのものよ！』

『ぼくは愕然としました。そうです、驚きと屈辱感で愕然としたのです。そういう彼女の言葉の中には言うに言われぬほどの、この上もない晴れ晴れしさ、当然さ、明快さがありました。全く単純に――私はもうあなたのものよ。気にすることはなんにもなし。私たちはこうなったんだし、わたしたちはここにいる。こうなるしかなかったのよ。なんたる安堵、なんたる自明の理、なんと単純明快な大団円。そう、一件落着。これこそ揺るぎもしない確信と、いとも賢明なる大人の分別。

このものわかりのいい娘はそのことをなんのためらいもなく、確信をもって言ったのです。さあ、私はもうあなたのものよ。彼女が自らの内にこの神聖な真理を、明々白々、疑う余地もない真理を、血の通った真理を発見したことが、どれほど誇らしく、また、どれほど満足しきっていたかを思ってもみてください。この驚くべき、途方もない発見に彼女はまだ目を大きく見ひらいている。そして、永遠に決定された問題のもたらす大きな平安が早くも彼女を満たし始めている。

ほんの数瞬間、混乱と痛みで歪んだのと同じ可愛らしい顔の輪郭が、今や、新しい究極的な表情を獲得した――あえて言えば、それは、自分自身を発見した人間の表情です。だからぼくは、今、自分が何者であるかがわかったのです。私はあなたのものよ。そして、起こったことは権利となり、一連の手続きは完了したのです。水面の波立ちも止めば、水は治まり、水面は滑らかになり、水底まで透けて見えるようになるのと似ています』

シスター、あなたには何もかも隠さずに申します。もし彼女が手で目を擦っていたら、もし、すすり泣きで身を震わせていたら、もし彼女の口から、私になんてことしたの、悪党！　とかなんとか非難の叫びが漏れていたら――ぼくは勝利の歓びに酔ったことでしょう。

良きにつけ悪しきにつけ歓喜なら知っています。誇りも、寛大さも、後悔も。ぼくは、ひょっとしたら、彼女の前に身を投げ出し、赤インキや鉛筆で汚れた手を取って口づけし、愛を誓ったでしょう。しかし、ぼくが得たのはそんな勝利ではありません。ぼくが得たのは困惑と屈辱だけ。その中にぼくはまっしぐらに墜落していったのです。

ぼくは、なんだか、愛について語ろうとしました。彼女は呆れたと言わんばかりのように眉を吊り上げました。お止めなさいって。今更そんなこと言ってなんになるの?

私はあなたのもの。それですべては言い尽されているわ。その中に愛も同意も現実も、あらゆる種類の〝イエス〟が込められているのよ。愛だとか、感謝だとか、濫《みだ》りに口にするのは下品だし、いやらしいわ。言葉がなによ。事実はあるのだし、それは起こってしまった。私はあなたのもの。これ以上、何か言ったら、あんた、なにかごまかそうとしていると思われても仕方ないわよ。

ああ、シスター。この言葉の中に、大人の分別と威厳と純粋さとがなんと満ちあふれていたか、とてもおわかりにはなりませんよ。これじゃあ、ぼくが罪を求め、彼女がその罪を聖なるものとするなんて具合にはまるっきりなっていないじゃありませんか。まったく恥さらしもいいとこだ。

ぼくは言葉もありませんでした。彼女はまるで初めて見たと言わんばかりに、興味ぶかげにぼくの部屋を見回し、歌さえ口ずさんでいました。これまで、いちども歌ったことのない彼女がです。彼女は口にこそしませんでしたが、要するに、ここでくつろぎ、すっかりここのものになりきっていたのです』

『微笑を浮かべ、ぼくのそばに座り、すこしハスキーな声で話し始めました——それは今のことでもなければ、これからのことでもなく、自分のこと、子供のころのこと、少女時代の恋の物語などでした。彼女はすべてのことがぼくのものになるべきだと言わんばかりに、自分の過去について語ったのです。ぼくは屈辱感と劣等感の入り混じった奇妙な感じにその間ずっと苛まれていました。

ぼくはもう一度彼女を抱こうとしました。でも、彼女は軽く手を上げただけでした——ぼくを拒むのにも、たったこれだけで十分なのです。
だめ、彼女は恥じらいもせずに、またいつかと言ったのです。
すべてはこのように単純で、当然のことでした。私はあなたのものなんだから、そんなにむきにならなくてもいいのよ。あれはね、ちゃんと意味のある、その場限りのものでない、大切なものなのよ。彼女は、ぼうや、いい子にしてねとでも言うように、ぼくの唇にキスをしました。ぼくの母親でもあるかのように、ぼくよりも年上で、強く、ぼくよりも大人であるかのように——それは耐えがたいまでに甘く、神よ、お許しを、平手打ちのように屈辱的でした』
『やがて、帰っていきました——ご存じですか、シスター。
人間の歩き方の中で、一番重い意味を持つのは立ち去るときです。人間が立ち去るその歩みの中に、その人間の惑いや不安、あるいは、狼狽、自信、軽率、自惚れなどが表われているのです。
背中にご用心。なぜなら、立ち去るとき私たちは無防備だからです。彼女がどういうふうに立ち去ったかは知りません。顔をやや俯《うつむ》き加減にしてドアの所に立ち、それから消えました。それくらい、軽やかで、静かでした。これが重要なのは、ぼくが彼女を最後に見たのがこんな具合だったからです』
『だって、ぼくはその晩、こそ泥かなんぞかのように、逃亡したのですからね』

9

看護尼は腹立たし気に大きな音を立てて、ごわごわしたハンカチで鼻をかんでから、また話を続けた。

「あの人はこんなことも言いました。あの人のなさったことは、それはひどいことでございますよ。だから、その点は悔いておられるようでした。でも、あの人にしましても、その娘さんのことでそんなに気に病むことはないと、私、申し上げたいのでございます。

だって、あのひとのお話では、自分から進んで体を任せたと言うじゃありませんか。あの人のお話の通り、たとえその娘さんが優しくって愛らしい方だったといたしましても、受けた罰は当然の報いだったのでございますよ。ある意味では、あの人も運命の波に翻弄されていたのだと言えなくもありません。だからといって、あの人の罪が軽くなるわけではございませんけど。

『ぼくを逃亡に駆り立てた不可解な衝動を今になって思い直してみると』やがて、また話し始めました。『当時とは違ったふうに見えてくるのです。そのころのぼくはまだ若かったので、かなり危なっかしい、夢のようなものだったにせよ、ありとあらゆる計画に胸を膨らませていました。

その上、義務と名のつくもの一切に対する反抗心を子供のころからずっと保ち続けていたのです。ぼくの中には、それがどんなものであれ自分をつなぎ止めようとするものは一切寄せ付けまいとする反発がありました。そして、その臆病さを自由精神の発露とみなしていたのです。彼女の愛の厳しさと束縛がぼくを怯えさせたのです。たとえ彼女がぼくには過ぎたものであったにもせよ、永久に縛られるということが怖かったのです。ぼくはそれを自分を取るか彼女を取るかの選択を迫られているのだと感じました。そして、自分を選んだのです』

『今では、ぼくは多くのことを知り、物事に対して別の見方ができるようになりました。今ではわかるのです。彼女はぼくよりもずっと進んでいました。ぼくの中ではなんにも決まっていないというのに、彼女の中ではすべてが決定済みでした。

おまけに彼女がもう大人だというのに、ぼくときたら分別もなければ、大人にも成りきっていない無責任な少年だったのです。束縛に対する反抗と言ってはみたものの、実は、彼女の圧倒的な生活力に対する恐怖、その大きな自信に対する恐怖だったのです。ぼくは従属するという美徳には恵まれていませんでした。

だから――ぼくだって君のものさ。ご覧の通り、ぼくは不変で、完全で、完結している――なんてとても言えなかったんです。ぼくのなかには、彼女に代価として渡すべき人間の中身がなかったのですからね。ぼくは収支決算でもするみたいにドライに言ってますよね。

でも、ぼくがこんなふうに言えるのも、それがぼくの人生の台帳だからです。

借り方、貸し方。

彼女はぼくに自分を渡しました。さあ、私はもうあなたのものよと言ったのです。それに引き換え、ぼくは――ぼくの持っているものといえば、愛であり、情熱であり、不渡り手形同然の怪しげな誓いであり――それがすべてだったのですからね』

その人は声もなく笑いました。

『要するにぼくは商人だったのですよ、シスター。ぼくは帳尻を合わせたかったのです。ぼくの逃亡は破産者の夜逃げだと思ってください。ぼくはぼく自身を借りたままなのです』

私には（看護尼は語った）あの人が微笑みかけでもするように、私に向かって顔を顰《しか》めたような気がしました。私は話しかけようとしました。するとその人はいっそう顔を顰めて、消えはじめたのです。

私はこんなにも生ま生ましい夢に不安になり、無理やり眠りを振り払いました。私はその人とその娘さんのために祈りを捧げました。

正直のところ、一日、この夢が頭から去りませんでした。次の晩、私はいつまでも眠らずにいました。でも、つい、うとうととするやいなや、もうそこに待ちかねたようにあの人がいたのです。あの人はまたあの階段の上に、顔をうつむきかげんにして座っていました。悲しそうで、落ち付かない様子でした。小屋の向こうの沼地には、とうもろこしだか、沼地の蘆《あし》だかに似た植物が繁っていて、吹く風に波打っていました。

『あれはとうもろこしではありません』不意に、その人は言いました。『砂糖黍《きび》です。ぼくはもう、ずいぶん長い間、この辺りの島々から砂糖黍を買い付けてはラム酒を蒸溜してきたような気がします。この酒のことをこの辺りではアガルディエンテ（焼酒）と言っていますよ。でも、そんなことはどうでもいい。

実際には、ぼくは世界の中に逃げ込んだ少年といったところでした。

ここでちょっと気になるのは、ぼくの話の仕方が必ずしも適切ではなかったのではないかということです。

ですから、あなたの不愉快な印象を訂正しておくことが、ぼくにはとても重要に思えるのです。たとえば、そう、あなたがあの娘にもある程度は責任があると判断しておられるというのは、ぼくにもわかります。彼女の振る舞いについてお話ししたことのなかに、誘惑と肉体の罪深い満足という点での弱さがあったとご覧になろうとしていらっしゃいますね。

もしそうだとしたら、あのころ、この上もない完璧な愛の純潔と忍耐として、その当時彼女のなかに見ていたものは、恋した若者の単なる幻想ということになってしまうじゃありませんか。

結局、そうなると、シスター、そうなると、ぼくはそのことを自覚はしていませんでしたが、完璧な愛とはぼくのなかにこそあったはずです。だから、ぼくの逃亡は純粋に狂気の沙汰だったわけです。

ぼくの生涯は不可解かもしれませんね。そして、不可解なままで終わるでしょう。多分、これは状況証拠と言われるものでしょう。人間の一生なんてナンセンスだし、説明不能だという考えを否定されてもいいんですよ。確かに、あなたがこんな考えに同意されないことは、ぼくにはわかっています』

『ぼくのお話ししたことの正当性を裏づける、もうひとつの状況証拠がぼくにはあるのです。

その証拠とは、あの不可解な逃亡のあと、ぼくが送った生活です。ぼくはこの逃亡によって臆病という途方もない罪を犯すことになったのです。そのお陰で、ぼくはある種の秩序というものを根底から覆《くつがえ》されてしまいました。だって、それからというもの、ぼくには呪いがかかってしまったからです。

そのことで、ぼくが舐めた辛酸を言っているのではありません。そうではなく、ぼくは、それ以後、何ごとにおいても腰を落ち着けて、ひとつことに集中できなくなったことを言っているのです。

正直のところ、シスター、それ以後、ぼくの人生は惨めなものでした。神の慈悲の宿らぬ人生、神の許しの得られぬ人間の人生だったのです。ぼくはあなた方の言葉を用いましたが、ぼくの場合、あまりにも世俗的な人間ですから、むしろ、淫蕩な女たらし、野良犬、三百代言のような人生と言ったほうがぴったりです。

それは、もう、あなたが想像されるどんな生活よりも惨めな、転変極まりない生活でしたよ。それというのも、その間、ぼくのすることなすこと、ことごとく失敗したからです。ぼくが人生の完全性——ちょっと待ってください。なんと言うか、つまり、永遠に約束された事物の秩序と持続、解決、有効性、安定、そんなものをぼくは思い浮かべているのですがね——にいきなり直面して、それに立ち向かっていくには、あまりにもぼくは空虚、無価値、そして精神的にも未成熟だったのです。

もし、真の現実が在るもの、従って在り続けるものであるなら、結局、ぼくは現実から逃亡したのです。それは呪うべき逃亡でした。なぜなら、ぼくはもう現実を見つけ出すことができないからです。悪事というものがいかに不毛で、儚《はかな》いものか、シスター、あなたにはとてもおわかりにはならないでしょうね。ぼくは絶えず新規まき直しを繰り返さなければなりませんでした。でも、無駄骨折りでした。人間は悪事に浸って自分を満足させることはできません。神の冒瀆者、人殺し、妬み屋、密通者など驚くほど半端で、一時しのぎの人生を送っています。

ああ、ぼくには自分の人生の全体像を作り出すことができない。ぼくの人生はただの断片、単なる破片、単なる切れっ端にすぎません。こんなものをかき集めたって、ろくな絵になりはしない。ぼくはけちくさい悪行を重ねては苦労をしましたが無駄でした。

なんにもならなかった。脈絡もなければ秩序もない。頭もなければ尻尾もない、ただの瓦礫の山、混沌以外のなにものでもない。まあ、こんな具合。こういったところです。アーメン。でも、あなた方はそのことを良心の苛責とおっしゃいますよね』

『ご覧なさい、このぼくのポケットには、以前は金がいっぱい詰まっていたもんです。ほら、ぼくの肩はどうです。鞭の傷や混血女の歯の痕があるでしょう。ここを触ってごらんなさい。馬鹿酒のおかげで肝臓が腫れて、硬くなっているでしょう。しょう紅熱にかかったこともあれば、脱走兵として、鉄砲の弾に追い回されたこともあります。

話そうと思えば五十やそこらの体験談なんてわけはありません。でも、みんな嘘です。あるのはその痕跡だけ。ぼくは死の病にとりつかれて、銃で撃たれて死にかけている猫のように独りぼっちで、このあばら小屋の中に横たわっていたのです。ぼくは自分の人生を勘定してみましたが、勘定し終えることはできませんでした。すべては高熱に浮かされて、勝手に考え出したものなのでしょう。それは全く恥知らずな、恐ろしい夢でした。二十年かそこらの、全くこんがらかった、無意味な、あっという間に過ぎ去った夢でした。

あの時ぼくは病院に担ぎ込まれ、白い上っ張りの看護婦さんたちが、ぼくを氷で冷やしてくれました。ああ、それはなんと心地良かったことでしょう。なんと冷たかったことでしょう。白い上っ張りたちの湿布。しかも、すべてが――いいですか、ぼくのためだと言わんばかりだった。しかし、そのときすでに、ぼくの体の中には死神が忍び込んでいたのです』

10

「私なら、神の思し召しと申し上げますわ」

看護尼は自説をのべた。

「病は神さまのお戒めのお告げでございます。ですから、教会はそのことを弁えて、人生の岐路にあります方々の道標となるべく、私どももしもべを患われた方々の病の床に遣わすよう配慮いたしているのでございます。それなのに現世にありますとき、人々は余りにも病気や死を恐れますがゆえに、その御告げを理解もせず、また痛みという炎の御手で書かれた警告《メネ・テケル》を読むことさえもできないのでございます。

『あのとき、死神がぼくに取り憑いたのです』

やがて、あの人は言いました。

『ぼくはこの最悪の状態から救われたとはいえ、肝を抜かれたみたいにすっかり衰弱してベッドに横たわっていました。ぼくが死を恐れていたとは、必ずしも言えません。ただ、ぼくが死にそうだということ、ぼくでさえ死ぬことができるということが奇妙に思えたのです。

それは極めて厳粛で、深淵な行為をなすことです。ぼくは手も足も出ない試験問題を前にしているかのように、行為をなすという問題の前に立ちすくんでいたのです。ぼくはとてつもなく大きな、深刻な、決定的なものが要求されていて、しかも、ぼくの手には負えないとどんなに抗弁してもなんの役にも立たないというような、そんな気がぼくにはしたのです。

それに、得体の知れない心細さ、あるいは、不安さえも感じたのです。不思議なことに、ぼくは以前にも、何度か死に直面しているのです。ぼくの生活は衝動的でしたから、かなり危険な目にだって何回会ったか知れたもんじゃありません。でも、それまでは死神は危険や偶然を装って近付いてはきたものの、ただそれだけのことでしたから、ぼくは死神をあざ笑い、見返してやることだってできました。

しかし、今度の場合、死は必然として、納得はできないが、絶対的に有効な、究極的結論として現われたのです。時には意気消沈したり、捨て鉢な気分に襲われたこともありました。そんなときには死神に向かって言ったものです。さあ、いつでもどうぞ、目をつぶっている間に遠慮なくやってくれ。ただし、素早く、おれが気づかないうちになって。でも、ときには、自分の子供っぽい臆病さにわれながら腹を立てたものです。

そんなもの、なんでもありゃしない。難しいことは何もない。ただの終わりさ、と自分に言い聞かせました。どんな冒険だって終わりはつきもの。これだって、終わりがもうひとつ増えるだけの話さって。でも、不思議なことに、ぼくがどんなに考えても、死というものが、糸がぷつんと切れたときのように行き止まり、一巻の終わりというふうにはどうしても想像することができなかったのです。

当時、ぼくは随分近くから死を見詰めたものです。その結果、ぼくには死が広大で、持続的なものに見えたのです。うまく言えませんが、それは途方もない時間の広がりです。というのも、死は持続しますからね。言うならば、ぼくはまさにこの持続を恐れたのです。ぼくは気が滅入るのを覚えました。

そんなこと、ぼくにはできない。ぼくはこれまで一度だって、持続的なことに挑戦したことはありませんし、長期間ぼくを縛るような契約にサインしたこともないのですからね。腰を据えて、たいした苦労もなしに、それなりの生活を保てるようなチャンスは何度もありました。

でも、その度に、そのような生活に対する激しい、打ち勝ちがたい嫌悪感を覚えたのです。自分ではそれを変化や気紛れや、普通とは異なる環境を必要とするぼくの性格の特徴とみなしたのです。そして今、この永遠の契約に立ち至った今は？　ぼくは冷や汗をたらして、恐怖の叫びを上げたのです。そんな馬鹿な話があってたまるか、ぼくはいやだ。ぼくはいやだ。天なる神よ、お助けください。

だって、ぼくは究極的有効性に照らして物事を選択するほど、まだ大人になっていないのですから。ええ、いいですとも、死についてだって三カ月か、半年にしておいて頂きたいものです――よろしい、じゃあ、握手をしましょう。でも「さあ、ぼくはきみのものだ」と、ぼくの口から言わせることだけは願い下げにして頂きたいものです』

『それで、シスター、あれは一瞬の閃光だったのか、あるいは、天啓だったのか。ぼくはまた彼女を、あの娘を見たのです。彼女は喜びと確信に満ちて、静かに〝さあ、私はあなたのものよ〟とささやきました。

ところが、ぼくのほうはどうかといえば、死ぬという決定を前にして目も当てられないほど恐れおののいていたのと同じように、またもや生きるという決意の前に圧倒され、小さくなって立ちすくんでいたのです。やがてぼくも、死と同様に生もまた持続を素材として作られていること、自分なりの方法で、自分なりの手段を通して永遠に持続するという意思と勇気を示しているのだということを理解し始めたのです。

だからそれは相互に補完し、完結するところの二つの半分であるわけです。そうです、そういうわけなんです。断片的で偶然的な人生は死によって飲み込まれてしまいますが、反対に、完全で充実した人生は死によって補完されるのです。

二つの半分は完結して永遠となるのです。だって、ぼくは朦朧《もうろう》とした意識の中で、それが完結するために結合するはずの二つの半球となっているのを見たのですからね。でもその片方は潰れて、歪んでいる、ただの欠けらのようでした。それはどう見てももう一方、つまり死を意味する完全無欠の半分とは不釣合いなのです。

〝さあ、もうあなたのものよ〟という具合に、この二つがお互いに合体するには中身を充実させなくちゃいけないなと、思わずつぶやきました

『シスター、ぼくはあのころ、自分の人生を勝手に頭の中で捏造《ねつぞう》していたのです。なぜかといいますと、そのほとんどがなんの役にも立たぬもので、うっちゃってもいいような代物、それどころか、肝腎なもの、内容を満たすようなものは何一つ無かったからです。ぼくの若いころだって直すべきことはたくさんあったと思います。でも、ぼくにはそれに耐えるだけの忍耐力がなかったのです。

最も重要だったのは、そして、重要なのは、真の現実の中に、つまり、存在しなかった現実の中に、それでもなんらかのありかたで確かにあった、事件としてではなく、意味として——たとえば、引き

千切られた本のページのように――ああ、ぼくは何を言おうとしているんだろう。こいつはこの熱病のせいだ。そうです、一番大事なのは、真の現実の中で物事が別のように、まったく別のようにあったということですよ。おわかりですか？　言い換えると、それらのものは、別のようにあったはずだ、これが肝腎なことなんです。そして、現実にあるべきであったような本当の人生の物語は――』

あの人の歯がカチカチ鳴りましたが、なんとかそれに打ち勝ちました。

『ぼくがお話ししたことを覚えていらっしゃいますか』

あの人は歯を震わせていました。

『彼女は横わっていた――そして、さあ、もう私はあなたのものよと言ったということを。これはほんとにほんとです。でも、その先は、その先は違ったふうになるべきだったのです。

今はそのことがわかります。だって、ぼくの中に死も生も入り込んできたのですからね。

そうだよ、おまえって、ぼくは言うべきだったのです。その通りだよって。おまえがぼくのものなら、ぼくが生と死を体のなかに宿して戻ってくるまで待っててくれなくちゃ、と言うべきだったのです。ぼくが生きるにはまだ十分成熟していないことは、きっとあなたにはおわかりでしょう。

まだ――ぼくが持続するには、まだ完全じゃない。意を決するほどには勇敢ではない。ぼくはまだ、おまえのようにひとつの塊になっていない、おまえのように。こんながらくたの集りで、一体、おまえは何を始めようというんだい？　ぼくがこれから何になるかぼく自身にさえわからないんだよ。

どれが頭だか尻尾だか、このぼくにさえわからないんだ。それなのに、おまえときたら、永遠であり、知る必要のあることはなんでも知っている。誰のものかも知っている。でも、ぼくは――』

そう言ったときかの人は全身を震わせました。

『よし、ぼくも行って、さあ、ぼくはもう君のものだと言ってやろう。

ああ、シスター、おわかりですか。彼女はそれを知っていたんです。たとえぼくがそれを口に出して言わなくても、そのことを理解していたのです。だから言ったんです。

今はだめ、またこの次の時にねって。だって、これはぼくが戻ってくるということでしょう?

いかがです、あなたのお考えは。これは彼女がぼくを待っているってことでしょう、違いますか?

だから、彼女は、さようならとも言わなかったし、ぼくも彼女を見送らなかったのです。ぼくは生きるのです。そして、生と死のように、さあ、ぼくはもう君のものだよと言って一つに合体するのです。

そうあるべきであるという現実、それ以上に真の、完全な現実は外にありません』

あの人は限りない安らぎを得た人のように、大きな息をつきました。

『愛と死と生。ぼくの中の必然的で、無条件的なものがすべて一つに合体するのです。さあ、ぼくはここだ。いま、やっとぼくは自分の場所にいるのだ。唯一確かなことは誰かのものかであることです。

ぼくは誰かのものになることの中に、自分自身を、完全なる自分を発見したのです。ああ、よかった。

ぼくはついに、ここに辿り着いたのです』

『さあ、エンジンをかけてくれ。ぼくは待てない。ぼくは戻るんだ。すると彼女は、さあ私はもうあなたのものよと、きっと微笑むだろう。ぼくはもう怖がらない。逃げも隠れもしない。

ぼくはもう行く。行くとも。靴の紐が切れ、服のボタンが取れているのも知っている。

急いでくれ。ぼくが帰らなくちゃならんことくらい、知ってるだろう!

こんなのが嵐だって?

いいかい、ぼくだってサイクロンの何たるかくらい知ってるさ。

竜巻に出くわしたことだってあるんだぜ。この風だって、ぼくを吹き飛ばすほど強くはない。

どうした、見えないのか。おれの腕の中に何か飛び込んでくるぞ。急降下している。今度は浮いた。

危ない、顔と顔がぶっつかる。おれの上におっこちてるぞ。

今度はおれがお前の上だ。なんて、落ち着かないやつだ。おれを引き裂く気か！』

あの人は急に、熱に浮かされたように、急に訳のわからないことをしゃべり始めました。

『何だと、あのパイロットは宙を飛んでるぞ。

シスター、あいつに言ってください。そっちじゃない、こっちに戻って来いって！

そうじゃなくって、彼女のところに行くって、言ってください。ぼくは帰ってくると伝えてください！

彼女が待っていることをご存じですよね。どうかお願いです、彼女に伝えてください。ぼくは帰る途中だって。

ただ、パイロットが着陸場所を見つけるだけだって。ぼくには書けない。彼女がどこにいるのか知らないんです――』

あの人は恐怖に満ちた、絶望的な目を私のほうに向けました。

『何を――何をあなたはそんなに――どうして彼女に言ってくれないのです？

ぼくはぐるぐる回って飛んでいなければならないんです。いつまでもぐるぐる。それなのに、あなたはぼくを見ながら、目をパチパチさせているだけ。

それに彼女になんにも伝えてくれようともしない。だって――』

あの人は急に変わり始めました。包帯の頭巾をかぶって、すごく震えていました。よく見ると、あの人はげらげら笑っているのです。

『わかりましたよ。あなたは性悪で、嫉妬ぶかく、意地悪な尼さんなんだ。彼女が恋をしているものだから、憎悪している。でも、彼女にやきもちなど焼かなくていいんです。

ほんと言うと、あのころも、その面でぼくは嘘をついていたのです。多分、それだからこそ、ぼくはあんなに卑怯な振る舞いをしたのです。いずれ、あなたにもわかっていただけるように――』」

看護尼は悲しげな、穏やかな目でじっと一点を見つめていた。

「それから、あの人は神を呪い始めました。それは、まるであの人の口を借りて悪魔がしゃべっているかのように見えました。呪いや憎悪の言葉があふれ出してきました――神よ、私にお慈悲を」

看護尼は十字を切った。

「このような言葉が、口も目もない頭巾から聞こえてくるというのは、それはもう、とっても恐ろしいものでございました。あまりの恐ろしさに、目が覚めたのですわ。多分、私はロザリオを手にとって、あの人の魂のためにお祈りをするべきだったのかもしれません。

でも、私はそういたします代わりに、あの人の熱を計るために六号室へ行ったのでございます。あの人は意識もないままに横たわっていました。熱は四十度三分、高熱のため震えていました」

インテルメッツォ 1

11

いま熱は三十八度七分。熱にうなされ、包帯にくるまれた手は落ち着きなく掛布の上をさまよっている。

「何を言っているか、わかりますか?」外科医は尋ねた。看護尼は口を固く結んだまま首を振った。

「イエッスルですよ」隣のベッドの老人が不意に声を出した。「イエッスルって言っているんです。イエッスル」

イエス・サーのことだなと外科医は判断した。じゃあ、英語か。

「マニャナとも言いましたよ」老人は思い出した。「マニャニャかマニャナです」と言って、しわがれ声で笑った。「マニャニャ、マニャニャって、まるで産着にくるまった赤ん坊だ」

老人にはそれがすごくおかしかったのだろう。初めは笑いにむせながら、くっくっという声を漏らしていただけだったが、とうとう大声とともにその笑いを吐き出さざるをえなくなった。

これまでのところ、この人物が誰であるかという報告は全くなかった。詩人は日に三回も電話をかけてきた。

「もしもし、何か詳しいことはわかりましたか?」

「いえ、何もわかりません」

「じゃあ——どんな具合です?——」

やれやれ、電話に向かって肩をすくめてなんになる。

「今のところは、まだ生きています」

午後になって、体温は下がってはきたものの、患者は（少なくとも、見える限りでは）前よりも一層黄色くなり、しかも、しゃっくりをしていた。ということは、肝臓に何らかの障害を来たしているらしい——あるいは、黄疸《おうだん》のようにも見える。外科医は診断を下しかねて、念のために高名な内科医に助けを求めた。

内科医は陽気な赤ら顔の老名医であったが、おしゃべりで、歓喜のあまり敬虔なるシスターに抱きつかんばかりだった。「そう、そう。あんたが外科に回される前には、わたしと二人でよく患者のことを調べたもんだったね」

外科医は臨床所見を小声で、そのほとんどをラテン語で内科医に伝えた。内科医は綿と包帯にくるまった体を金縁の眼鏡ごしにのぞきこんだ。

「なあるほど」内科医はとっくにお見通しと言わんばかりに、ベッドの端に腰をおろした。看護尼が無言のまま掛布をめくる。内科医はくんくんと匂いを嗅いで目を上げた。

「糖は?」

「よく、おわかりですね」外科医は低く言った。「当然ですが、尿を調べました……潜血がないかどうか。勿論、糖も出ました。先生は匂いでおわかりになったんですか?」

「通常、間違えることはありませんな」内科医は言った。「アセトンなら直ぐわかりますよ。これこそわれらが医術。その半分は勘ですがね」

「ぼくはそんなもの、頼りにはしません」外科医は言った。「ぼくはただ……誰かを一目見ただけで、すぐさま、こいつにメスを当てたくないなと感じるのです。たとえそれがウオノメだったとしてもね。こいつに何か起こりはしないかと、塞栓《そくせん》か何か。でも、なぜか――それはぼくにもわかりません」

内科医は掌と指先で意識不明の人物の胴体を撫でまわした。

「この人をよく診察してやりたいんですがね」と同情をこめて言う。「でも、安静にさせとかないといけないんでしょうね」内科医は用心深く、ほとんど腫れ物に触るかのように、ピンク色の耳を患者の胸にあてた。眼鏡が額にずれ上がる。しんとして、窓の蠅の羽音さえ聞こえる。やがて内科医は身を起こした。「それにしても心臓が相当弱っていますね」低くつぶやく。「そう、こういうことは言えそうですね。右の肺葉は正常でなく、肝臓が腫れている――」

「どうしてこんなに黄色いんです?」外科医はやや意気込んで尋ねた。

「その点についてなら、私も知りたいもんですね」

内科医は思いにふけって、言った。

「それに体温が随分と下がっています――シスター、尿を見せてくれませんかな」

看護尼は黙って容器を渡した。その中には、茶色の濃い数滴の尿が入っていた。

内科医は眉を吊り上げて言った。

「いったい、この患者はどこで見つかったのですか? 天のどこからおっこちてきたか、君だってご存じありますまいな。この患者が運び込まれたとき震えの症状はありませんでしたか？」

「ありました」看護尼は答えた。

内科医は五まで数えた。

「五日、長くても六日ですな」とつぶやく。「まさかとは思うが、もしかして……仮に、西インド諸島から……五日か六日かけて、来たのだとしたら——ありえんことじゃありますまい？」

「無理でしょう」外科医は言った。「ほとんど考えられませんね。カナリア諸島まで飛行機を飛ばすとか、あるいは、そういった類の方法を取らないかぎりね」

「ほうらごらん、不可能じゃないでしょう」

内科医はとがめるように言った。

「そうでないとしたら、君、それ以外のどこでフィエーブレ・アマリッリャなんぞを拾って来れるというんです？」（彼はアマリッリャという言葉を、まるでその発音を賞味するかのように発音した）

「どこで、何をですって？」外科医は理解しかねて問い返した。

「チフス・イクテロイデス、つまり黄熱病ですよ。私はこれまでの生涯を通して一例だけ見たことがありますがね。三十年前にアメリカで。今は潜伏期間ですが、間もなく黄疸症状が現われます」

外科医は信じられないふうだった。

「ねえ、先生」

ためらいがちに言った。

「もしかしたら、ワイル氏病というのではありませんか？」

「ブラボー、われらが同志」内科医は言った。

「かもしれません。モルモット実験をやってみますか？　私んところのボサボサ頭の助手には多少の勉強になるでしょうがね。たとえモルモットが生きて、ピンピンしていたとしてもです、私の言うことに間違いはありますまい」そう言って、控え目に付け足した。

「と、まあ、私としては言いたいところですがね」

「何を根拠に？」

　内科医は両手を広げた。

「勘です、君。明日になったら、また熱が上がるでしょう。そして黒色嘔吐が来る。血液像作成のため、例の若いのを必ず寄越しますからね」

　外科医はとまどいながら首のあたりを掻いた。

「じゃあ……、先生、赤い熱っていうのはなんのことです？」

「赤い熱？　ああ、フィエーヴル・ルージュですね。こいつはアンチル熱とも言われてましてね」

「アンチル諸島にだけあると？」

「アンチル諸島、西インド諸島、アマゾン地帯。なぜです？」

「いや、ちょっとね」

　外科医はつぶやき、なんとなく看護尼に目を向けた。

「でも、黄熱病というのは、アフリカにもあるんじゃありませんか？」

「ナイジェリア、その他ですね。しかしあそこが発祥の地ではありません。黄熱病というとき、私ならハイチかパナマを思い浮かべますね――あの土地の風景、椰子の木、その他いろんなものと一緒にね」

「それにしても、どうやってここまで辿り着いたんでしょうね」外科医は気遣わしげに考え込んだ。「潜伏期間は五日間でしょう?——そのためには全コースを飛んで来なくちゃならなかったはずだ」

「うん、だから飛んだんでしょう」

内科医は、今時そんなことは何でもないのだと言わんばかりに、こともなげに言った。

「何がなんでも急がなくちゃならなかった。なぜ、そんなに急いだのかはわかりませんがね」

彼はせっかちにベッドの縁を指で叩いた。「多分、何が彼をこんなに急かせたのか、もう打ち明けはしないでしょう。心臓もかなり弱っている。いろんなことがあったんですね」

外科医は軽くうなずいて、目で看護尼に席を外すよう告げた。

「ちょっとお見せしたいものがあるんです」

そう言って、無意識の人物の太腿をめくってみせた。鼠蹊《そけい》部のすぐ下から四本の硬化した白っぽい半円形の傷跡があり、その一本は引っ掻かれたように長く伸びていた。

「触ってごらんになると、この傷は肉のかなり深いところまで達しているのがわかりますよ」と言って示した。

「なんの傷だか私にもわからないんですがね——」

「なるほど、それで?」

「もし、彼が熱帯地域にいたのだとしたら、爪跡かもしれませんね——猫科の動物か何かの。ほら、傷跡はすごい勢いで引っ掻いたように深く食い込んでいるでしょう。でも虎の爪ならもっと大きいはずだし、どちらかというと、ジャガーでしょう——だとしたら、アメリカ大陸ということになりそうですね」

「ほうら、ごらんなさい」内科医は得意げにハンカチで鼻をかんだ。

「これでわれわれは彼の経歴の重要な部分をすでに摑んだことになる。滞在地・西インド諸島。職業・

狩猟家および冒険家――」

「それに、船員でもありますね。包帯の下の左手首に、錨の入れ墨があります。出身はいわゆる上流階級です。足の裏の皮膚が比較的薄い――」

「体つき自体も、言うならばインテリふうですね。既往歴・明らかにアルコール中毒症。古い胸部疾患の痕跡があり、最近になって再発している。多分、熱病感染の影響でしょう。君には想像できんでしょうね、私なんか、赤い熱なんて言葉を聞くと体がぞくぞくしてきますよ」

内科医は喜びに目を輝やかせた。

「それに熱帯性いちご腫です。ああ、君、こんな言葉を聞くと、私など、青年時代に戻ったような気がしますよ。遥かなる土地、インディアン、ジャガー、毒矢、その他いろんなもの！ どんな物語があったのか！ 西インド諸島にでかけた世界旅行家――なぜ？ いったい、何が彼をかの地に駆り立てたか？

人生行路が記した刻印に即して判定せよというのなら、明らかに無目的です。彼は安定を欠いた、怪しげな生活を送っている。彼の心臓は年のわりに恐ろしく疲弊しています。絶望と糖尿病からくる喉の渇きから酒をのむ――ねえ、君、私はそんな生活をこの目で見てきましたよ」

老医師は鼻の頭をかきながらもの思いにふけっていた。

「そのあげくが、この不可解な、突拍子もない帰国、何かに向かっての気違いじみた突進――こうして、目的地を目前にしたどこかで、黄熱病に倒れる。恐らく、かの忌わしい、小さなシマ蚊、つまりステゴミア・ファスキアータが病菌を彼の体内に注入したのは、彼の熱帯地放浪の最後の日だったのでしょう」

外科医は頭を振った。

「彼は脳のショックと内臓の破損で死ぬのです。私にお任せください」

「黄熱病のほうがわが国では貴重ですぞ」内科医は抗議した。

「ねえ、君、彼の死を名誉あるものとし、かけがえのない、注目すべき患者としてこの世から送り出してやろうじゃないか。——それにしても、顔もなければ名前もないこの包帯にくるまれた頭は、語るべき多くの謎を秘めた仮面のように見えないかね?」

内科医は意識のない患者に、優しく掛布をかけてやった。

「哀れなる者よ、われら汝を見舞うとき、汝、なお、われらに語るべきこと多からん、だ。しかし、君の人生の物語もやがて終わるだろう」

12

翌朝、熱は再び上がり、三十八度何分かになった。包帯の口のまわりの部分が、血を吐いたようにかなり赤く染まっている。患者はひどく黄色くなっており、明らかに容態は悪化の傾向を辿っている。

「どうです」

外科医は看護尼に尋ねた。

「今晩はなにも?——今日は夢を見なかったのですか?」

看護尼はきっぱりと首を振った。

「見ませんでした。私、お祈りをいたしましたので、そのせいかもしれません」

それから、顔を曇らせて言葉をついだ。

「それに、念のために沈静剤を三錠ほど飲んでいましたので」

そこへ他の看護婦が来て、告げた――なんでも、臨床教室の、首に腫れ物のある患者が熱を出して、シャックリをし始め、口も利かないうえに、弱ってきたというのだ。

外科医は心配そうに何かつぶやきながら、白衣の裾がはためくほどの勢いで千里眼氏の病室へ急いだ。

千里眼氏は目を閉じて、ぐったりと、痛々しげに、鼻を天井に向けて横わっていた。

「熱が出るなんて、いったいどうしたんです」

外科医は叫んだ。

「お見せなさい！」

熱は三十八度と少しあった。外科医は荒々しく包帯を引き剝がした。しかし傷口は清潔で、美しい傷口だった。周囲にも炎症らしきものは全く見当たらなかった。

どこにも異状は見当たらない。ただ、少しばかり黄色味を帯びた目と、シャックリだけだ。

外科医はゆっくりと廊下を渡って、再び六号室へ現われた。そこには、白い診察衣を着た若いドクターたちに挟まれて高名な内科医が患者X氏のベッドの前に立っていた。

そして「フィエブル・アマリッリャ」と、この言葉を愛撫するかのように発音した。

「やあ、君」

外科医のほうに顔を向けた。

「問答無用、しばらくこの患者を、われわれ内科医に渡してくれたまえ。

こんなに貴重で、見事な症例はめったにありませんのでね。待っていたまえ、君のところには学部じゅうが、あらゆる学問的興味の灯明を掲げてやってきますぞ。

君はこのベッドをせめて天蓋で覆い、唐檜《とうひ》の小枝で縁飾りをして、『歓迎』とかなんとか書いた看板でも掲げんといけませんな」彼はラッパでも吹くように大きな音を立ててハンカチで鼻をかんだ。

「よろしければ、血を少しばかり採らせていただきたいのですがね。助教授君、助手にこの患者の血液のサンプルを採るように伝えてくれたまえ」

こうして命令が公式ルートを経て、偉大なる内科医の左脇に立っていた助手氏に伝達されると、例の背の高いぼさぼさ頭の若者は意識のない患者の腕にかがみこんで、そこを綿でこすった。

「お済みになりましたら、少々お時間を拝借したいのですが」

外科医は内科医にささやいた。

とはいえ、老医師の黄熱病にたいする情熱はそうすぐには消滅しなかったから、外科医が彼を千里眼氏の部屋に案内したときも、まだ、そのことについて語っていた。

「それでは、先生」

外科医は改まって言った。

「今度は、こういうのを何と解釈すべきか、ご説明いただけませんか」

老医師は一つ咳をしてから、あらゆる種類の簡潔な指示と、無言の触診という彼流の医術によって、患者の診察にとりかかった。息を吐いて、止めて、深く吸って、横になって、痛かったら言って——まあ、こういったお馴染みのことどもだ。とうとうそれも止めると、いぶかしげに鼻の頭をなでながら、探るような視線を千里眼氏に向けた。

「この患者がどうかしたとでも?」

「なんともありませんよ。すべては正常です。ただし、強度の神経病素質者ではありますね」

内科医は口を開き、にべもなく言い放った。

「しかし、この熱がなにに起因するのかは、私にもわかりません」

「ほら、ご覧なさい」

外科医は千里眼氏に向かって非難の声を上げた。

「今度はいったい何をやらかそうという魂胆だったのか、言ってくれませんか」

「なにも、そんな……。要するに、あの患者と関係があるのかもね、そう思いませんか？」

千里眼氏は懸命に否定した。

「どの患者です？」

「飛行機に乗っていた人物ですよ。私はずうっとあの人のことを考えていましたのでね……彼はまた熱が出たのですか？」

「あなたは彼をご覧になりましたか？」

「見ません」

千里眼氏はつぶやいた。

「でも、彼のことを考えています……つまり、神経をあの人に集中しているのです。いいですか、それは一種の結合です。彼はすごく衰弱していますね」

「早い話、この人は千里眼なのです」

外科医は急いで説明した。

「で、昨夜、あなたは熱は出なかったのですか？」

「出ました。でも……ときどき、それを中断しました。すると、熱は下がりました。これは意思でコントロールできるのです」

千里眼氏は正直に告げた。


外科医は内科医術の先達にもの問いたげな視線を向けたが、こちらは髭をなでながら、もの思いにふけっていた。

「で、痛みはどうかね」

内科医は不意に質問を発した。

「痛みは全然感じなかったのかな？　私が言うのは、もう一人のほうの痛みのことだが」

「感じました」

千里眼氏はやや恥じらいながら、しぶしぶ答えた。

「それは、つまり、どこか体の一定の場所に位置づけられていたとしても、純粋に精神的痛みでした。それを正確に言うのはなかなか難しい。私はそれを精神的痛みと申し上げたいのですがね」

彼は気弱に弁解した。

「どこです？」

内科医は反射的に言葉を発した。

「ここです」

千里眼氏は手で示した。

「ほう、上腹部か。ご名答」

内科医は満足げにつぶやいた。

「それで、ここ、脇腹のあたりは？」

「なんだか圧迫感、それに吐き気を感じます」

「まったく、結構」

内科医は上機嫌だった。

「他には？」

「ひどい頭痛、この、後ろのほう――それに、背中。切り裂かれるような痛みです」

「こいつは参った」

老医師は有頂天だった。

「いやあ、参ったよ。君はじつに見事に捕らえている！　その症状こそ、まさに教科書に書かれた通りの黄熱病のものだ」

千里眼氏はびっくりした。

「でも、そうしたら……先生は、私が黄熱病に罹《かか》ったとおっしゃるんですか？」

「そうじゃない」

内科医は顔をしかめた。

「君は心配ない。わが国にはそんな役割を果たす蚊はいないんでね。暗示だよ」

彼はもの問いたげな外科医の表情に答えた。そして、この言葉によって問題はすべて解決と感じたに違いない。

「暗示だよ。もし、尿の中に少量の蛋白質と潜血が検出されたとしても、私は驚かないよ。ヒステリー患者の場合、驚いてはいけない。この連中ときたらいろんなことをやらかしてくれるからね――君、明かりのほうをちょっと向いてくれたまえ！」

「こんなに涙が出ているときは、光が見られないのです」

千里眼氏は断った。

「完璧だ」

内科医は千里眼氏を褒めた。

「それは正しい症状だよ、君。きみは非の打ち所のない症例見本だな。よく観察するといい。勿論、きみ自身をだよ。きみはほんとにいい患者さんになれるだろうな。信じられんだろうが、世の中には、痛いところがどこだか言えない患者もいるんだよ」

千里眼氏はこのお褒めの言葉にいたく気をよくしたようだった。

「それに、先生、この辺りに……なにか妙な不安感があるのです」とおそるおそる指し示した。

「上腹部の」

内科医は勤勉な医学生をテストするときのように同意を示した。

「素晴らしい」

「それに、口の中が――全部、腫れ上がった感じです」

千里眼氏は思い出した。

老医師は勝ち誇って、大げさに吹聴した。

「ほうら見たまえ。われわれは国内にいて、フェブリス・フラーヴァのあらゆる症状を目の当たりにできるんだ。私の診断の正当性が裏づけられている。しかし、思えば――この三十年というもの、黄熱病などといったものを見たこともなかったが……三十年と言やあ長い期間だ」

感傷的に言葉を続けた。

外科医はあまり満足そうでもなかった。すっかり疲れ果ててぐったりと横たわっていた千里眼氏に憂鬱そうな顔を向けた。

「だけど、こいつは、こんな実験はあなたの健康にはよくありませんね」

彼は厳しく諌《いさ》めた。

「あなたをここに置いておくわけにはいきません。家にお帰りなさい。あなたは病院じゅうの病気を自分の暗示で背負い込もうというのですか？　早いとこ、歯ブラシからなにから荷物をまとめて――」

そう言って、親指でドアのほうを示した。

千里眼氏は同意し、悲しげにうなずき、静かに告白した。

「私だってそう長くは続けられませんよ。これが精神的にどれほど消耗するか、とてもあなたがたには想像できないでしょう。もし彼が……あの誰かが、あのX氏に意識がある時だったら、すべてを正確に、明瞭に、しかも……手に取るようにはっきり認識できたでしょうに。でも、こんなに深い無意識状態では――」

千里眼氏は頭を振った。

「恐ろしい、ほとんど絶望的な仕事ですよ。明確なものは何もなく、おぼろげな輪郭さえも見えてこない――」

細い指で空を指した。

「それに加えてこの熱。無意識下にあってもこのような混乱――すべてがひっかきまわされ、支離滅裂です。同時に、彼がここにいたとすると――ここは彼でいっぱいになる。誰もが彼のことを考えているから。あなた方、看護婦さんたち、誰もが、「私はここから出ていったほうがよさそうですな。さもないと、気が狂いそうです」

千里眼氏の顔に深い神経集中の苦悩が現われた。

内科医は首を片方に傾げて、興味深げに耳を傾けた。

「なんですって、彼のことで何かわかったとでも?」

あいまいに言った。

千里眼氏は起き上がり、震える手でタバコに火をつけた。

「少し」

そう言って、ほっとしたように煙を吐いた。

「わかったとは言っても、いつも空虚と不安です」

彼は手を振りながら言葉を続けた。

「わかること、つまり、認識すること、それは何らかの秘密に遭遇することです。私が疑問や不安にぶつかったかどうかをお知りになりたいのなら、申し上げましょう。

答えは〝イエス〟です。つまり私は認識した。どうやら先生がたは、私の口からそれが物語られることをお望みだ。でも、自分のほうからは切り出したくない、でしょう?」

千里眼氏はしばらく目を細めて思いに耽っていた。

「私もこいつを取り除きたいのですよ。このことをお話ししたら、私もこれから逃れることができるでしょう――先生がたのお望み通りにお話しいたしましょう。胸の痞《つか》えはいつかは吐き出さなきゃ、いつまでも肩の荷は下りませんからね」

13

痩せこけたグロテスクな体を縞のパジャマにくるんだ千里眼氏は、細い膝を顎の下に引き寄せてベッドの上に座っていた。そして、斜視の人のような視線を虚空に向けている。

「まず最初に、その方法と二三の概念についてご説明しておかなければなりません」千里眼氏はためらいがちに語り始めた。「いま仮に、円を思い浮かべてください――銅線でつくった輪です」そう言いながら、空中に円を描いた。「輪は可視的なものです。私たちはそれを抽象的に考えることもできます。数学的に定義することもできます。しかし、心理学的に言えば、輪はわたしたちが見うるものです。たとえ目隠しをしても、あなたがたは線に触って、これは輪だと言うことができます。あなたがたは円を感じたはずです。目を閉じて、聴覚で、その音を出す物体がどんな形かを識別できる人もいます。また、知能を持った蝿がこの線に沿って歩いたとしますね、そしたらこの蝿もまた全く明確な円の感覚を得るにいたるでしょう。このような物理的な感覚と、闇の中のこのどこかに輪があるという感覚を持つ人の精神状態まではほんのひとまたぎだということをご理解いただかねばなりません。視覚、聴覚、触角の助けなしに。全く正確な円の感覚。かかる諸知覚を排除した場合、それが作られた材料にたいしての意識よりもはるかに強い円の意識を持たれることは請け合いです。それというのも、形象は精神的事象であるが、素材はそうではないからです。従って、私が感覚というとき、それはあいまいな観念とか推論ではなく、なにものかについての極度の正確さと、鋭さをもった、あえて言うなら苦心のすえに選定された意識なのです。しかしこの意識は知識として得られるものではありませんから、名前をつけたり、言葉で言い表わすのはむずかしい。いや、非常にむずかしい――」

千里眼氏は言いよどんだ。

「なぜだ」とつぶやく。「いったい、どうして私は選りによって円などを例にあげたのだろう？　なーるほど、本題に入る前から私はもう先走りしている。閉じた円の感覚。回帰線の形、そして同時に人生の形」打ち消すように首をふる。

「駄目だ、これじゃどこにも行き着けない。たぶん、あなたがたお二人はテレパシーなどというものに疑いを持っておられますね。当然です。テレパシーはナンセンスです。われわれは遠く離れたところから認識することはできません。対象に接近しなければだめです。われわれは記号を通して星に接近します。物質は分析と顕微鏡で。だから、五感や物理的接近を排除するとき、われわれは何にでも接近することができるのです、精神集中によって。私も予感とか正夢とか幻影、予知といったものは、多分、あるだろうと思います。あるとは思いますが、方法論的に拒否します。否定し、排除します。私は妄想家ではありません。分析家です。

真の現実はわたしたちの前には現われません。厳しい作業と分析と集中によって獲得されるものでなくてはなりません。あなたがたは脳が分析の道具だという考えには同意されますね。でも、われわれが場所を移ったり、目を開けたりしないで、物をわれわれのほうに近づけるレンズであるという考えは拒否されるでしょう。これは不思議なレンズです。注意力と意思に従ってその湾曲率が変わるのです。それは不思議な接近であり、時間や空間において現象するのではなく、あなたがたのなかにある感覚や認識の強弱としてのみ現われます。

その意思もまた不思議なものです。それはあなたがたの意思に左右されることなく事象をあなたがたの意識の中に持ち込むのです。あなたがたに起因するものでもなければ、あなたがたのでもない表像、自分ではその内容に何の影響力をも持ちえないような表像を思い浮かべるのです。あなたがたのものと言えるのは単にその精神集中だけです。あなたがたが見たり、聞いたりされると、あなたがたと無関係に存在する事象や現象をご自分の感覚器官を通して、神経中枢において知覚されているのです。

同様に、あなたがたとは無関係にある考えを考え、感情を感じることもできるのです。あなたがたとは無関係に存在し、あなたがたの「我」にも関係のない記憶を持つこともできます。それは見たり聞いたりするのと同じに、ごく自然なことなのです。だけど、あなたがたにはその集中力と訓練が欠けている」

外科医はじれったそうに体をゆすったが、千里眼氏は気づかなかったらしい。彼は恍惚として鼻をふり、手をふり、自分は美声で歌っているのだという深い満ち足りた確信にひたりながら嗄《しゃが》れ声で講義を続けた。

「さて、みなさん」千里眼氏は鼻の上に指を当てて言った。「たったいま私は思想、記憶、表像、感情と申し上げました。これはおおざっぱな、間違った心理学であります。従って、私がこれらの誤った概念を使用しましたのも、そのほうがみなさまがたに通りがよかろうと思ったからであります。実際には、私がこのような方法で知覚しますかぎり、それの作られた材料をではなく、円を知覚します。私は人間を感じます。漠然と人間を意識します。でもその人間の個々の経験や表象や記憶ではありません。おわかりですね」千里眼氏はひたいにしわを寄せ、正確に表現しようと苦労しながら話を続けた。「その人間とは巻きとられる時間の中の人間です。その人間の中には、かつてあったこと、かつて為したことのすべてが、現在のこととして所有されている。しかし、事件の連続としてではなく、たとえば――たとえば――」

彼は両手で、何か全体を意味するようなものを示した。それは、人間の人生を誕生から現時点まで映画に写して、それからその映像を全部重ね合わせて、全部を一度に映写するようなものです。それがいかなる混沌かおわかりでしょう！　そうですとも、それは現在と過去が溶け合っているからです。すべてが溶け合い、そのあげく、人生の形骸だけしか残っていないからです。それはなんとも形容しがたいもの、とほうもなく個人的なものなのです。そのなかにすべてが詰め込まれている、その人固有の霊気《オーラ》のようなものです――」千里眼氏の鼻が凝然と一点で停止した。

「すべてだ。未来までも」大きく溜息をつく。「この人物は生きないだろう」

外科医はふんと鼻を鳴らした。そんなことは彼にだってわかっている。しかも、確実に。

「じゃ、できるかぎりわかりやすく申しましょう」千里眼氏は苦心していた。「例えば、ここに嗅覚の並外れて鋭い人が来たとします――そんな人もいるものです。真っ先に、彼はある同時的な、あまり快くない、しかも非常に複雑な匂いを感じるでしょう。彼には嗅覚的観察力がありますから、この全体的臭気を分析しはじめるでしょう。病院の匂い、外科の、タバコの、尿の、朝食の、私たち三人と私たちの家の匂いを嗅ぎわけるでしょう。もしかしたら、このベッドで私の前に、どうやら肝臓の手術のあと死んだらしいということさえも識別するでしょう」

外科医は不機嫌な顔をした。

「あなたにそのことを話したのは誰です？」

「誰も。ただ、あなたが嗅覚の知能をご存じないだけです。一定の集中力をもってすれば事象ないしは時間的連続に対する所与の同時的印象を分解可能なのです。もしあなたがたが特定の人物の性格について、十分な強さを持った、十分な透徹した、しかも総合的な印象を持たれたとしたら、十分な分析的かつ論理的能力をもって、その印象を彼の人生の解きほぐされた絵巻物に展開することができるでしょう。凝集した人生の形から、この事件を抜き取ることもできます。この作業はもしかしたらこういうふうにも言えるかもしれません。つまり、長い数字の列の総計を、総計だけを書いて渡されて、その数値をその中に含まれた各々の項目に分類するようなものだと——そう私が言ったら、そんなことは無理な注文だとお思いでしょうね。確かに、困難ではある。しかし不可能ではありません。だって考えてもごらんなさい。二と二を足した四と、一を四つ合せた四、または一と三を足した四とでは、その内面的性格において同じではありません」

千里眼氏は背を丸めて座っていたが、背骨は櫛の歯のように棘立《とげ》っていた。

「恐ろしい」彼はうなった。「こいつは恐ろしい。この無意識、この熱。思ってもみてください。私があの人のことに神経を集中すればするほど、私も無意識と幻覚のなかに落ち込んでいったのですよ。つまり私ではありません。私は目覚めていました。しかし、その無意識と高熱を感じたのです——自分のなかに。おわかりですか、私はそれを自分の中に見出さなければならないのです。それ以外には——それ以外にはありえない。でなければ、私は認識もできない——」

千里眼氏は体を震わせた。その落ち窪んだ顔は拷苦に歪み、それに耐えているかのように見えた。

「肉体的拷苦が砕かれた流氷のように漂うこの混沌とした物理的譫妄《せんもう》、この恐ろしい無意識の中に分け入っていくこと——それと同時に、この人生の総合的形象を極度に明確な、不可避的な、破滅的な感覚として徐々に徐々に強めていくことは——」

千里眼氏はこめかみを拳で押さえ、目を剝いて、嘆きの声を漏らした。

「おお、何たること。まさに気が狂いそうだ！」

内科医はひとつ咳をして、ポケットの中から飴玉の入った小箱を取り出した。

「さあ、どうぞ」低い声ですすめた。これは普通の人ではなかなか貰えない大変なご褒美だった。本当は、典型的な臨床的症状を示した特に重症の患者にのみ与えられるものだったのである。

14

千里眼氏は陽気になった。飴玉をしゃぶり、トルコ人か仕立屋のように膝を組んで寛いでいた。

「このことを別の言い方でご説明いたしましょう。しかし、ご注意申し上げておきたいのは、これもまた比喩に過ぎないということであります。今、音叉で『ラ』の音を出したとします。するとヴァイオリンであれ、ピアノであれ『ラ』の弦が鳴りはじめます。われわれには聞こえなくても、『ラ』の音で震動しうるものはすべて震動しはじめるのです。われわれが音楽を聞くとき、本質的には、われわれもまた震動し自分でも歌っているのです。だから音楽的感受性の豊かな人とは、自分自身をよく聞くことのできる人のことです。

思ってもみてください、人生はある種の響きです。人間は音を出しています。思想も記憶も、また潜在意識も鳴っています。その人間の過去もこの瞬間に、またいかなる瞬間にも共鳴しているのです。それは途方もなく複雑で、限り無く多くの声部から成る音響であり、その音響の中には過去もまた永遠の残響を響かせながら、高音部と低音部とを同時に鳴り響かせながら現在しているのです。過去全体が現在の響きを色づけます。

思ってもみてください、もし私たちが、独自の周波数の波を空間に送り出している人間となんらかの関係を少しでも持っているとしたら、私たちの内部でも外部からの伝播によってその人と同じ周波数の波が震動しているのです――私たちの誰にも言えることです――私たちの誰にも。その共鳴は弱いこともあれば強いこともあります。それは私たちの同調いかんにかかっています。私たちの感受性いかんに、注意力いかんに。さらには所与の関係の強度いかんにかかっているのです。この共鳴は弱くて不明瞭で感じ取れないこともあります。または聞き取ることができるほど、強く、大きなこともあります。ただ聞き取れるとはいっても、それは私たちに送信された共鳴だけではありますがね。しかし、たとえその共鳴を意識しなかったとしても、その感情的反響を好意とか反感として意識しているのです。これは、たしかにあいまいで説明のしようのない反応ではありますが、ときには見ず知らずの人たちにたいしても私たちは本能的にこのような反応を示しているのです」

千里眼氏は母の乳房にすがる赤子のように、いかにも満足げに舌をならし、喉を詰まらせながら飴玉をしゃぶっていた。

「そうなんです、まさにその通り」彼は確信をもって断言した。「私たちは自分自身を聞かなければならない。自分自身の内面をよく観察しなければならない。さもなければ、他の人が送信してくる静かな多声部の呼び掛けを聞き分けることができない。千里眼とは自分自身に注目すること以外の何ものでもない。テレパシーと言われているものは遠くのものに対する感受性ではなくて、身近なものに対する感受性です。最も近いものでありながら最も近づきがたいもの、自分自身に対する――。いま仮に、パイプオルガンのすべてのパイプや音栓《ストップ》、ペダルの音を一斉に鳴らせたと思ってください。それはきっとものすごい騒音の洪水になるはずです。でもその中に、この楽器の息や広がり、力や高貴さを認識されるでしょう。だからと言って、どんなに分析を試みてもこのオルガンでかつて何が演奏されたかを確めることはできません。なぜなら（少なくとも私たちの耳には）オルガンは自分の音響を色づける記憶を持っていないからです。この第一の、分解不能な共鳴、これによって私たちは他の誰かの生命の周波数に応えるわけですが、これもまた何よりも広がり、人生空間、力、高貴さ……等々の感覚なのです。つまりその人生がその独特の雰囲気と遠近法をもって展開する、まったく確定された固有の空間形態というわけです――」

千里眼氏は少し口ごもった。

「ほうら、私まで混同している。パイプオルガンと遠近法、視覚と聴覚か。これらのものを説明するのはとても難しい。私たちの言葉は感覚の代替物です。視覚、聴覚、触角から導き出されています。従って、これらの諸感覚に触れられないことを言葉によって正確に言い表わすのは不可能です。みなさん、どうかもう少しご辛抱ねがいます」

「気になさらずにどうぞ」内科医は励ますように言った。「この想念の置換と諸感覚の代理作用は、幻覚症状に近いある種の精神障害の典型的徴候ですな。でも、まあ、お続けなさい。それで正しい治療法が見つかるかもしれない」

「特徴的なことは」千里眼氏は続けた。「この全体的印象の分析で得られるのは、経験が与えてくれるものとは全く異なった人生像であるということです。経験は個々のデータから人生を組み立てます。分と時間は一日を組み立て、日は一年を組み立て、時間と日は人生の材料となります。人間は自分の経験と感情と性格と行為と発言から組み立てられています。全体は小さな断片から組み立てられています。小さな断片が一緒になって初めてなんとなく全体として見えるようなものになるのです。しかし、この全体をどんなふうにでもあれ思い浮かべようとすると、実際にできることといえば、せいぜい大なり小なり断片の集合、エピソードのつながり、相互になんら関係のないばらばらの事件の堆積に過ぎないのです。例えば、あなたは」

千里眼氏は不意に内科医のほうを見た。「先生はいまお独りですね？　さあ、亡くなられた奥さんのことを思い出してください。先生は熱烈に愛しておられた。四分の一世紀のあいだ献身と相互理解に包まれて連れ添われてきた。じゃあ、私が先生の心に浮かんだ奥さんの思い出を数えあげてみましょう。奥さんの死、自らの学問を呪い呆然と見守るしかなかった彼女の絶望的な闘病生活、仮綴じ本のページをピンで切る癖、その癖を直そうとするむだな争い、彼女と知りあった日のこと、いつか海岸で一緒に貝殻を拾った幸せな日」

「あれはイタリアのリミニだったな」老医師は感傷的に言い、手を振った。「優しい妻だった」

「そうでしたね。でも、先生があと何時間もかけて思い出されたとしても、先生の心に思い浮かぶのは次々に現われてくる瞬間のとぎれとぎれの行列、いくつかの言葉、いくつかの場面にしか過ぎません――それで全部です。先生にとって最も身近だった方の全生涯について先生が想い起こされたことはこんなふうでした」

老内科医は眼鏡を外し、丁寧に拭いた。外科医はある意味を込めた目配せを千里眼氏にしきりに送っていた——おい、その話はまずい。別のほうへ話題を変えたまえ。

「了解」千里眼氏は素直に話題を変え、全速力で別の方向へ駆けだした。「経験は経験と異なる想念を私たちに与えることはできません。私たちは人間の全体あるいは人生の全部を知覚することなど絶対にできません。逆に、私たちに知覚できるものと言えばせいぜい一貫性を欠いた断片と瞬間、しかも、さらにその大部分は、幸いなことに、忘れてしまっています。どうしようもありません。そんなものから人生の全体像を組み立てようとか、考案しようなんてできるはずがありません。では、それを逆転してみましょう。そうです、逆転です。過去と現在に分割されていない総合的な、全体的な人生の想念から出発するのです、論理的に。こいつはすごいことだぞ」

千里眼氏は叫びだした。そして興奮のあまり、ほとんど自分の髪を掻きむしらんばかりだった。

「川を思い浮かべてみましょう。地図の上の曲りくねった線ではなく、かつてその岸辺を流れ去った水という水をみんな含み込んだ全体としての川を、総合的に、完全に思い浮かべてみましょう。すると想像は広がり、泉や流れる川はおろか、海、世界中の海、それに雲、雪に霧、死者の息吹や天の虹にいたるまで、そのすべてが浮かんできますね。このすべてが、世界中のあらゆる水という水の輪廻の全体が川となるでしょう。どうです、すごいじゃありませんか」

千里眼氏は極度の興奮のあまり声を震わせた。

「それはまた何と広大なる現実の曠野を持つことだろう！　人生像を捕えること、人生の感覚、人間の感覚をその総合的な人生の大きさで捕えることはなんとすばらしく、またなんと途方もないことだろう！　駄目、駄目」

千里眼氏は指を立て、その指を振った。「この広大な広がりを日や時間に細分したり、思い出などという細切れに切り刻まないでください。しかし、一人の人生の秩序を構築する必然性に、穹窿《きゅうりゅう》のようにその人生を覆う時代に、また整合生に分解するのならいいでしょう。そこには偶然はなく、すべては必然的であり、そしておそろしく美しい。あらゆる因果関係は原因と結果の同時性において現われる。個性もなければ事件もない。あるのは構築する力に過ぎない」千里眼氏は大きく息をした。「これらの力の拮抗と均衡が人間の空間の限界を決定しているのです」

千里眼氏は口の端に泡をつけている。彼は興奮で一層痩せ衰えたかのように、見るからに恐ろしげであった。

「さあ、さあ」内科医は低くつぶやき、懐中時計を引っぱり出した。「今度は、君、五分間横になって、そのくちばしを閉じておきたまえ。目を閉じて、大きく、ゆっくり息をすること」

15

千里眼氏は目を開けて、大きく深呼吸をした。

「もう、話をしてもよろしいですか？　確かに、こういったことは神経にこたえますね」そう言って、彼は顔をこすった。「よろしい、それでは続けましょう。天から落ちてきた人物に関するかぎり——さてと、彼を何と呼べばいいんでしょう？」

「私たちは患者Xと呼んでいます」外科医が助言した。

千里眼氏はベッドの上に起き上がった。「患者X氏ね、なるほど。ところで、あらかじめお断りしておきますが、もしあなた方がこの人物の名前、また何者なるや、どこの町からやって来たのかを、私が語るだろうと期待されているのだとしたら、私は知らないと申し上げておきましょう。そのようなことは些細な問題で、たいして重要なことではありません。この人物は人生の大部分において、そのとき自分の職業が何であるかということにはあまり拘泥しなかったようです。私は膨大な人生の広がりを感じます。この人の中には多くの空間があり、多くの海がありますが、旅行家ではありませんでした。旅行家の人生空間は量りうるものですよね、しかし、この人物の場合——いかなる意味における目的をも欠いているのです。つまり、距離や方向の推定を可能とすべき基準点がないのです」

千里眼氏は不満そうに一瞬、口をつぐんだ。

「駄目だ、駄目だ。別の方法で始めなくちゃ。本当は、いま訪れようとする彼の死から始め、ロープをほどくように逆に辿らなければならなかったんだ。シーザーの人生はシーザーの誕生で始まり、しわくちゃの泣き叫ぶ幼児期から始まるのではない。彼の人生がいかなる形態を持ち、彼の体験したものが何であれ、それにいかなる意味があるかを理解するためには、その人間が最後の息を引き取ったところから出発すべきなのだ。死によって初めて人間の青春も誕生も完成される」彼は首を振った。「しかし、できない。私にはできない。時間の中で理解をしようとすると、全く行き詰まってしまう！」

「例えば」しばらくしてまた始めた。「彼は母を知らないと言ったら、伝記の始まりのように聞こえるでしょう。しかし、私にとっては始まりではなく、長い苦心の逆行の旅の終着点なのです。彼は意識もなく横たわり、もはや何もわかりません。しかし、彼の無意識の下の、またこの暗黒の底の——深い深いところには孤独があります。そして、彼の無意識の上には誰一人として影を落とすものさえないのです。絶えずほとばしり出るこの内なる精神の孤独はどこから来ているのか、何に由来しているのか？

逆に行かねば、問題の発端へ立ち戻らなければ、彼の孤独の源泉のあるところまで全生涯をさかのぼらなくてはならない。彼は一人っ子で、母親を知りません。彼を優しく抱きとめてくれる手を一度も経験したことがありません。『もう、なんともないわ。さあ、痛い痛いにチュッしてあげましょう。痛い痛いの飛んで行け』なんて言ってくれる人など一人もいなかったのです。なんて奇妙なんだ。彼の人生にはこんなことまで欠けている。彼をかばう声、それもない。みんな通り過ぎる。『さあ、泣くのはやめて。駄々こねないで、お遊びなさい。ほら　、お手々はここよ、摑まって』こんな手が彼にはなかったのです。だから、一度も、いいですか、一度も、しっかりと握りしめたことがなかった――」千里眼氏は絶望的な身振りを示した。「彼は強かったが、忍耐はなかった。執着すべきものを持っていなかったからです」

「孤独だ」やがて千里眼氏は言った。「彼は自分と周囲とのいざこざを避けるために、孤独を求めた。心の寂しさを、流氷のかけらでもあるかのように、海や外国の無限の孤独の中で融解させようとした。彼は自分の寂しさに外面的理由づけをするために、絶えず何かを諦めなければならなかった。それは至る所で、常に、彼についてまわった――」

千里眼氏は顔を曇らせた。「それにしても、家族はどこだったのだろう？　どうして父親が母親の手の代わりをしなかったのだろう。その点について彼に尋ねなければならない。彼の中にあるもの、この苛立ちと激情の何たるかをよく見てみなければならない。この人物は人々との折合いがうまくできない。だから、どうやって彼らと争うかといつも身構えている。身を守らなければならないという気持ちを常に抱き、絶えず抗争のなかにある——戻ろう。母はなく、父との静かな激しい葛藤の日々を送った子供時代まで戻ろう。この二人はお互いに理解しあえない。妻に先立たれた父親は二人分の躾《しつけ》と教育を施そうとして、父親の権威を二倍にも膨らませ、その権威を些細なことにも、容赦なく、口うるさく押し付ける。子供は反抗を余儀なくされ、反抗心は終生癒えることのない道徳的疾患として彼の中に根づくのです。彼は一生、社会や秩序、規律や服従、その他のものとの衝突をまぬがれない。父とのいざこざは死ぬまで続く」

千里眼氏は、この頑な抗争が自分の中で渦巻いているかのように、こぶしを握りしめて憤然として語り続けた。

「なんと奇妙なことだ。孤独と抗争、この二つの相矛盾する力がこの人物の全生涯においてせめぎ合っている。孤独が抗争を妨げ、抗争が孤独を妨げる。そのどちらも満たされない。いかなる孤独をもってしても孤独者とはなりえず、またいかなる気分の高揚や抗争からも勝利は得られない。なぜなら、常に彼を孤独感が襲うからです。彼はもの思いにふけるかと思えばいらいらとし、決断力があるかと思えば優柔不断。多分、あなた方は気紛れなのだとお思いでしょうね。でも、この気紛れは相反発しあう二つの力の感情的な帰結なのです」

「私が孤独と呼んだものの側には、どんなものがあるのかを数え上げてみましょう。夢想、静かな生活への憧憬、諦め、冷淡、無気力。怠惰と憂鬱。無目的、受動性と無関心。脱力感。まあ、こんなところですか。では、今度は抗争の側です。不満、野心、熱烈な進取の気概、自負心、反抗心と強情、わがまま、怒りっぽさ、及びそういった類のものすべてです。これらの性格からこの人物を組み立てようとするのなら、さて、この両側面をなんとかして合体させてください！　この人物は怠惰であるか野心的です。それとも、その両者が交互に現われる縞模様か、でしょう？　あなた方が彼の性格を書き連ねているかぎり、この人物を理解することはできません。これらのものは性格などではありません。それは力です。互いに相手を圧倒したり、出し抜こうとしたり、足を引っぱり合ったりしている力です。そしてこの人物自身がまさに自分の現在を生きながら、たったいま行なったほんのちょっとした行為が、誕生と死との間の緊張力を平衡させながら閃光のように、彼の全生涯を貫通している諸々の力が作用しあった結果とは知らないのです」

「思ってもみてください。この男は、町から町へ、島から島へ、神が与え、偶然が導くままに孤独と淡き夢を夢見るための隠れ家を求めて、怠惰と投げやりな気持ちから当てもなくさまよっているのです。しかし、この同じ男が焦燥感に煽られて、どこか別の土地に行きさえすれば、何か別のことを始めさえすればと厩舎《きゅうしゃ》のなかの種馬のように、船のへさきに立って地団駄を踏んでいることもあるのです。そうかと思うと、もうそんなものは放り出して、また別の何かを求めて慌しく旅にでかけます。一方の生活の地図も、もう一方の生活の地図も寸分違わず重なり合ってはいますが、その二つは全くの別世界、全く別の宇宙なのです。一方が木を切り倒して小屋を作り、農園を経営する男の世界なら、他方は椰子の梢をぼんやり見上げ、快楽と孤独に憂き身をやつす怠け者の世界です。そして患者X氏の足跡を辿ったあげくに発見できたのは、お互いに似ても似つかない二つの世界でした。その二つの世界は夢の中でいろんなものが入り交じるように、ただ入り交じっているだけなのです。その一方の世界、熱心に木を切り、削って小屋を立てている世界を通して、すべては無駄なことと悟りきった悲しげな弱々しい顔、もう一つの世界の顔が私を見詰めていました。すると再びこの顔を通して初めの空間が浮き出してきます。その中では彼は叫び、忙しく立ち回り、働き、議論をし、なぜかもわからず、何かも分からない、何のためかも分からぬことに向かって突進するのです。おっと――おっと、これは現実ではなかったんだ」

千里眼氏は息をついた。「それは悪夢でした。苦笑でした。人間は一つの現実しか体験できないというのに、彼には二つの現実が夢幻のように見えただけなのかもしれません。だから、二つの世界をさまようものは足を大地の上に踏ん張ることもできず、虚空の中を墜落するのです。そこには自分の落下を測定する手掛りもない。だって、人間が落下しているときに、星々もまた一緒に落下しているのですから。いいですか、この人物は全く現実的ではありませんでした。そして自分の人生の大半を夢でも見ているかのように過ごしたのです」

16

千里眼氏は沈黙し、ぼんやりと横目使いに自分の手の指先を見詰めていた。

「どこで生活していたのです？」外科医は尋ねた。

「熱帯地方です」千里眼氏は低くつぶやいた。「群島、こげ茶色の感じ、煎《い》ったコーヒー豆か、アスファルトか、バニラの実か、あるいは黒人の顔の色か、なにかそのような感じです」

「生まれはどこです？」

「ここです。ここのどこかです」千里眼氏はあいまいに指差した。「わが国、ヨーロッパのなか」

「で、彼は何者だったのですか？」

「現場監督、かな？　大勢の人に向かって叫んでいる人間」そう言って、思い出そうとでもしているかのように、額にしわをよせた。「しかし、もともとは化学者でした」

「どこで?」

「決まってるじゃありませんか、製糖工場でですよ」千里眼氏は、こんなわかりきったことをよくも聞けるなとでもいわんばかりの口振りだった。「これだと一致するじゃありませんか。この二つの異なった世界。冬場は戦争、駆け回るやら叫ぶやら——そして夏は静寂、工場の中はひっそり。試験場でだけ人が働いています。または夢を見ているか」

千里眼氏は空中に指で六角形を描いた。「あなたがたは化学で図形を描くのをご存じですよね。六角の図形です。その角から記号が突き出している。あるいは光線と言ったらいいんでしょうか、十字になったり、枝になったり——」

「そいつは構造式ですな」内科医が説明をした。「立体化学と言っていますがね、その図形で分子中の原子の結合の具合を図式的に示すのです」

千里眼氏はほとんど鼻の先だけでうなずいた。

「じゃあ、これらの図形がある種の網のようになって、彼の前に組み合わされていると想像してください。彼は空中に目をやり、これらの図形がつながったり、組み合わさったり、もつれあったり、十字になったりしている様子を見詰めているのです。それを紙に書き取っていますが、誰かが邪魔でもしようものなら、彼は激怒します。冬にはこんなことはない。冬には仕事と騒動と苛立ちがあります。しかし、夏には——こんな工場の試験場、太陽に照りつけられて、キャンディのような甘ったるい匂いに息づまるよう——彼は口を開けたまま、ぼんやりとそれらの図形を虚空の中にみつめている。この図形を一つの秩序に従ってつないでいくと、蜂の巣のように見えてくる。でも、それは平面ではなく、三次元、四次元の空間だ。彼がそれを紙の平面に書きつけようとすると、いつも彼から逃げていく。それにこの暑さ――窓ガラスにぶちあたる蠅の唸りさえもが聞こえてくる」

千里眼氏は首を傾げ、目を瞬かせながら考え込んだ。

「これは一瞬のことではないな。数週間、数カ月――もしかしたら数年間なのかもしれない。互いに隙間を埋め、重なりあう図形から組み立てられた化学空間を絶えず構築しようとしている。それはもはや現実の、既知の化合物などではなく、可能的ではあるが架空の化合物だ。化学的空間の隙間を埋めるはずの未だ存在しない、新しい構造。新しい、未知の同質――異性体と重合体」

千里眼氏の口から自信なげな言葉が次々と飛び出してくる。

「重合体と多原子価物質、これらは彼を思いもかけぬ原子結合へと導いていく。彼はこれらの予想される化合物やその可能的な性質を夢みている。それらは医薬品であり、虹の色であり、未知の香りであり、爆薬であり、それによって世界の容貌を変容せしめうるところの物質である。彼は何冊ものノートにベンゾール、酸、糖、塩の化学式を書き連ねていく。それらの物質はこれまで存在したこともなかったのだが、この化学図形から結晶した空間の中で自分の場所を満たすのだ。そうこうするうちに、メンデレーエフが未知の原素の原子の数を言い当てたように、未知の化合物の分子を予想し、言い当てることができると信じ始めたのです。同時に、これまでの学問を否定し、打破する喜びに身をふるわせたのです――ほら、ここにも例の対立と抗争のモティーフが働いています。彼はこれらの予想にもとずく化合物の実験を片っ端から試みましたが、実験は成功しませんでした。工場の実験室では不十分だったのです。そこで彼は、これは確実、技術的に間違いなくやれば大丈夫と思われる構造式を一つか二つ選んで、化学界の世界的権威を訪ねるのです。彼はそれを提示し、その構造式は大規模な実験に値するとしてこの科学界の大僧正を説得しようとしたのです」

千里眼氏はとがった肩をすくめた。「当然のことながら、結果は惨憺たるものでした。化学の聖堂の大僧正は二言三言で若い化学者の仮説を完膚なきまでに打ち砕いたのです。馬鹿げている、不可能だよ。どうやら君はこれこれの研究をご存じないようだね。これこれの著作を読んでみることだな。そして最後には有難いお情け――ことによったら私の所に留まっていいんだよ。何か仕事をあげよう。例えばランプのほやを磨くとか、濾過の仕事をするとかだ。君に辛抱ができて、科学的に勉強することを覚えたら……。ただ、患者X氏のほうにしてみれば辛抱強くもなかったし、科学的に勉強することを覚えるつもりもありません。しどろもどろにつぶやきながら飛び出すと、すっかり動転してして、彼の化学的空間の廃墟から逃げだして、そのあげく辿り着いたのは、黒人たちが大きな口から白い歯を覗かせて、親しげに、非科学的に彼を迎える暗がりの戸口だったのです」

千里眼氏は指を立てた。「誤解のないように言っておきますが、この学問の司祭の取った行動は正当であり、良心的でさえあったとさえ言えるでしょう。なぜなら、彼は学問をその侵犯者から守ったのですからね。彼は証明された事実なら喜んで受け入れたでしょう。しかし、外には見られぬほどの混乱やあいまいさが最初の段階から積み上げたような仮説など受け入れられるわけがない。だから原則にしたがって拒否したのです。彼は患者X氏を粉砕せねばならなかったのです。生の全体の中では諸々の事件は偶然に、行き当たりばったりに起こるものではありません。むしろ必然性によって支配されています」

外科医は千里眼氏がまたも抽象的な問題に逆戻りしたことに、驚いた様子だった。そこで、即座に質問を発した。「その後、彼は化学者にはならなかったのですか?」

「ええ、それからはもう化学者にはなりませんでした。彼には『そんなの何でもないわ。直ぐに過ぎてしまうわよ。もっと遊んでなさい』と言ってくれる声がなかったのです。彼の挫折は、そのどれもが結末であり、償われることはなかったのです。ほんの数語で彼の化学の殿堂が打ち砕かれたとき、孤独と寂寥感が彼の心を沸々と満たしたのです――こいつは屑だ、どうしようもないガラクタの山だという、ほとんど安堵にも似た気持ち、おわかりでしょう。彼は自分のノートの中を調べようともせずにどこかへ仕舞うと、心の動揺を一層かきたてようと、砂糖工場から飛び出していったのです。失望と幻滅、そして、本当は破滅の中に身を置くほうが居心地がいいのだという気持ちが、いやが上にも大きく募って彼自身が怖くなったとき、彼の逃走が始まったのです。

「彼は若者だったんでしょう」外科医は異論を挟んだ。「好きな人はいなかったんですか――」

「いました」

「女の子ですね?」

「そうです」

「……その子を愛していた?」

「ええ」

静かだった。千里眼氏は膝を抱き、目を閉じて、苛立たしげに歯の間からシーッという音とともに息を吐いていた。

「それにしても、すべては見えてこない」最後に千里眼氏の口からこんな言葉が漏れてきた。「私は年代記作者じゃない。確かに、彼の恋愛の中にも孤独と反発がある。すべてを駄目にしたように、彼はきっと愛すらも駄目にしたんです。反発から。それだから孤独の中へ去ったのです。なんたる廃墟! 今なら腰を下ろして、すべてが瓦礫に帰した様子を検分することができる。子供のようにガラクタ小屋に忍び込んだ。そこにいれば誰にも見つからず、そこでは独りぼっちになれたのだ。彼の反抗心も孤独のなかに溶解する。いつも同じパターンの繰り返し

そこで千里眼氏は空中に何かを描いた。「反抗心が彼を駆り立て、孤独が彼を解放する。ある場所に留まろうとしても、闘争心が彼を刺激する。頑固に留まろうとしても、彼の中の孤独が、そんなことして何になる！　と諦め顔に手を振るのだ。放浪するしか手はないのです」

千里眼氏は顔をあげた。「もしかしたら、彼は天才化学者だったのかもしれない。彼の発想は世界に大変革をもたらしていたのかもしれない。でも、彼のような性格の人間に一歩一歩、実験に実験を重ね、惨めな錯誤と失敗の繰り返しのあげくに独自の化学座標の体系を構築し証明することができるはずがない。彼はなにか大事業の門口に立つには立っても、一歩前進するのに求められる体系的、方法論的、科学的苦役が彼を怯えさせたのです。彼は粉砕されねばならなかったのです。これが彼の内面に巣食った宿命でした。もともと彼の宿命とは自分の能力を越えた難問を前にして逃亡を企てるような、そんなものでした。もし彼が化学者として留まっていたとしても、やはり実験と空想の間を、テーマからテーマへとあまりにも広大な空間の中に道を失い当てもなくさまよっていたことでしょう。だからこそ、彼の精神の果てなき放浪の代償行為として、彼は自らの肉体をして海から海へ、島から島へとさまよわなければならなかったのです。あなたは」千里眼氏は内科医を指差した。「想念の取り替えということをおっしゃいましたね。でも、いいですか、運命の代償もあるのです。ときには、私たちの表面的な事件が、私たちのなかに記録されているもっと深刻な事件の埋め合わせをしているということです」

17

千里眼氏はタバコに手を伸ばした。外科医がライターをカチッと鳴らして、その火を差し出す。「ムチッシマス・グラーチアス（どうも、ありがとう）」千里眼氏はつぶやくように言って、深々と上体を前に屈めたが、そのとき外科医が自分の瞳孔の反応を見ていたことには全く気づかなかった。

「不思議だあ」千里眼氏はタバコの葉くずをプッと脇へ飛ばしながら言った。「この人物には彼の環境が奇妙にまつわりついている。つまり外的世界というやつですよ。例えば、彼の行動を条件づける諸々の要因全部を合わせたよりもはるかに強く、環境が彼の内面的自我に結びついている。むしろ」

千里眼氏は慎重に言った。「こうも言える。この環境こそが彼の内面から流出している。あるいは環境が彼の人生によって条件づけられている。要するに、彼の中に内在する運命の展開によって……。そう、まさしく――この人物の人生を事件の連続としてではなく、全体として感じればそうなるのです」

「仮に……患者X氏です。異常に大きな空間の印象。そこには多くの海とたくさんの場所があります――つまり、一所不住の放浪の中に刻印される孤独、別離、焦燥の純粋に空間的、数量的な厖大さがあるということです。錯綜した精神の持ち主たるこの人物は、錯綜した奇妙な環境の中で生活しています。彼が図式と幻覚との間をさまよった、あの太陽の熱に焼かれた暑苦しい工場の試験場は、焦げた砂糖の匂いを道連れに、いずれは流浪することになる焼けつく大地の予兆でもあったのです。彼はどこにいたのかですって？　私には全く明確な空間的、嗅覚的印象が感じられます。茶褐色の曠野に揺れる炎。永遠に鳴り続ける低いうなりとパチパチ弾ける音。笑いとも嘔吐ともつかぬ喉声と嬌声。無気力と熱狂の入り混じった土地。それにまたもや海だ。落ち着きなく光を照り返す海。燃えさかる薪、タール、チョコレートの匂う船。グワデループ、ハイチ、トリニダード」

「なんだって?」外科医は勢い込んで言った。

「なんです?」千里眼氏はぼんやり問い返した。

「あなたはグワデループ、ハイチ、トリニダードと言いましたね」

「私が?」千里眼氏は怪訝そうな顔をした。「さあ、知りませんね。私は地名のことなど全く考えてもいませんでしたよ」彼は額にしわをよせた。「変だぞ、私がそんなことを言うなんて。こんな経験はありませんか? 何かを言ったことで、初めてそのことを意識するなんて経験が。たぶん、こんな名前でしょう。キューバ、ジャマイカ、ハイチ、プエルトリコ」

彼は小学生のように数えあげ「マルチニク、バルバドス、アンチル、バハマ諸島」と一気に言ってしまってから、ホッとした表情を見せた。「やあ、こんな地名などもう何年もの間、思い出したこともありませんでしたよ」千里眼氏は浮かれていた。「私も以前はこんなエキゾチックな言葉が好きでしてね。アンチル、アンティロウプ、マンティーリャ——」

千里眼氏は不意に口をつぐんだ。

「マンティーリャ、マンティーリャ。待てよ、スペインの女性、キューバ——彼はいつかキューバに行ったことがあるにちがいない」大きく息をつく。「私は、なんというか……スペイン的気分というものを感じます。なにかこうロマンスとでも言うような」

「先程、ムチッシマス・グラーチアスとおっしゃいましたね」外科医は質した。

「そうでしたか? 覚えていません」千里眼氏は思いに沈みながら脇のほうを見つめている。「ごらんなさい、こんなことまでが……それほどの特殊な内容をもっているのです。第一に、かの古いスペイン人の家庭、貴族階級、それに、閉鎖的世界、伝統と威厳、マンティーリャとクリノリン。あるいはアメリカ海軍の士官たち——この世界がなんと急速に滅び去ろうとしていることか。ここにあるのは多様な人種とならず者……あげくの果てには、木を伐採したジャングルの片隅で生きたままのキジを歯で食いちぎる黒人たち。グワッ、グワッ、グワッ——沼地で番《つが》う蛙たちの鳴き声と水の音。黍《きび》を打つ水車の木槌の音、快楽の痙攣に足を打ち合せる混血女の絶叫と嗚咽《おえつ》。歯と光る体——暑い、暑い」低いつぶやきがもれる。千里眼氏はよれよれのパジャマが背中に張りつくほど汗をかいていた。

「蛾のはばたき。火に飛び込んで、ピチッと焼けて弾ける。そして頭上には、化学構造図にも似た南十字星と未知の重い匂いを放つ化合物の図形を天に刻みこんでいる何千何万の星の集合体」

「そして、再び」千里眼氏は立てた指を振った。「怠惰と活力。それが彼の外にも彼の中にも同時にある——猪突猛進の生産意欲と物憂い脱力感。二種類の熱病、意欲を燃え立たせる炎と麻痺させる炎。彼の中に、彼の中に、すべてが彼の中にある。それに、また、あの蛙どもだ。果てしない退屈さを忘れようと交尾を続けている。水車の発する単調な水音の繰り返し。野獣の遠ぼえ。汗みどろの空しい慰安を求めて闇をさまよう裸足の足音——それに、異様な輝きを放つ星々。標本の昆虫のように地球上に磔《はりつけ》になった宇宙の中の人間。そしてまた、船だ。錨につながれて、ねっとりと凪《な》いだ港の水面にぼんやりと揺れている。この蛙どもから、この水車から逃れたいという焦燥感。すべては別のようになるべきなのだという気持ちと、でも、そんなことがなんになるという気持ち。世界がなんだ、心がなんだ、そんなものが何になる。何にもなりはしない」

「彼はアルコール中毒だったのですかな?」内科医がたずねた。「大酒飲みだったんでしょう?」

「どうしてそんなことがわかるんです」千里眼氏はあいまいに言った。「人間が孤独と反抗から酒を飲むからと言って……。なんてことだ、彼が自分の中に解き放ち、まきちらしているものは孤独の氷か、燃えさかる怒りの炎か？　仰せの通り、彼は非常に衰弱していました。彼はその気になればふてぶてしい面構えのたくましいご主人さまにもなれたのです。それなのに、彼はラム酒でむくんだ顔をして、あるいは熱病のために干し草のようにひからびて、床の上にごろごろしているのです。どうして彼は金銀財宝を手に入れようとしなかったのでしょう？　そうすれば、その財宝が彼を一つの場所にしばりつけたでしょうに。財産は人間に思慮と分別を与えます。彼は富み、死を恐れる人間になっていたでしょうに」

「もっと他には？」少しの沈黙のあとで外科医が尋ねた。

千里眼氏は顔をしかめた。

「あなた方は、私が何か作り話でもするのをお望みなのですか？　彼が愛したであろう美しい混血娘。命を落としかねなかったどこか異国での革命。獰猛《どうもう》な野獣とサイクロン。波乱に満ちた人生のおもしろい事件。残念ながら」彼は嘲笑的に口をゆがめた。「事件は私の専門ではありません。私は人生を全体として見ます。ですから、色鮮やかな人生の物語を提供するなんてことは私にはできかねるのですよ」

千里眼氏は話の糸口を失った人のように、とまどっているように見えた。

「そうだ」彼はつぶやいた。「あの足の傷なら先生方の興味を引くかもしれない。大したことではなく、ほんの偶然です。彼は狩りに熱中したり、危険のなかにスリルを求める人間ではありませんでした」千里眼氏は額にしわを寄せて、思い出そうと苦心しながら体をゆすっていた。

「つまり、ほかの連中が追っていた猛獣が彼に襲いかかったのです」彼はこの話にけりをつけたくて、一気にしゃべり始めた。「確かに、彼はいろんなことをやりましたが、それは第一に、彼の忍耐力のなさと飽きっぽさによるものでした。これこそが、平静な心の持ち主ならとうてい出会うこともなかったような出来事に、ことあるごとに巻き込まれるようにしてしまった彼の性格だったのです。その後も、彼は怠惰になり、無気力になり、しかも苦労もせずに金がたまってきたことがありました。彼の外面的放浪は止み、夢うつつの、朦朧とした意識の遍歴がそれに代わったのです。彼は一日の大半を暑さにうだりながら口をぽかんと開けて部屋のなかに寝っころがり、蝿が窓の金網にぶっつかる音を聞いていたのです。何時間もの間、何日もの間、模様入りの壁紙を張った天井や壁を見つめていました。それはまさしく蜂の巣に似た六角形の図形でした。彼はなにも思わず、身じろぎもせずにその模様を見続けていました」

18

「よくも、こんなことが」千里眼氏は深い想念の中に沈んでいった。「彼の人生はこの孤独感の中に閉ざされ、ほとんど孤独感一色に塗りつぶされている。どうやら子供のころこれと同じか、これと似た模様の壁に囲まれて育ち、そのころから、すでに彼の中にはこの孤独感が潜んでいたのだ。彼が大きな声で泣くと乳母が来て『どうしました』と尋ねたことだろう。ただし、今は、だらんと垂れた乳房をペチャペチャと揺らして歩きまわる黒人の老婆だ。この全生涯がこれらの規則的な模様に囲まれた単なる夢ならば文句なしによかったのだ。夢がどれだけ長く続くかは、誰にもわからない。一瞬か一時か。それ以外のすべてのものは、もともと、独りぼっちの坊っちゃんの凝り固まった孤独を一時的に止めさせたに過ぎなかった。お説教たらたらの父親、学校、製糖工場、そして、あの逃亡、ああ、なんと無意味な逃亡であることか！　なんだか大きな、オレンジと緑の斑点のある虫が図模様の壁紙の上を這っていく。しかし、どこかへ行こうと真っ直ぐに行くのではない。あっちに行ったり、こっちに来たり。動きはじめて立ち止まり、またどこかを目指して動きだす。彼は何時間ものあいだその虫に見とれている。立っていって叩き落とすのさえおっくうなのだ。そのほかに、そう、そのほかにまだある。窓の金網に頭をぶっつけた蝿の怒り狂った苛立たしいうなりだ。これですべてだ。しかし、外から迫ってくる音がある。黒人たちのたわごと、水車の回る音、椰子の葉の乾いた葉擦れの音、黍《きび》の葉茎のそよぐ音、太陽の炎熱の弾ける音、何千種類の声と騒音。それだって何の意味もない。ただそんなふうに思えるだけだ。目を細めて、耳をそばだてれば、それが無のなかに流れ去るのがわかるだろう」

「こんな夢うつつの状態の中で紙の束だか帳面か、それとも専門雑誌か何かが手に触れたのです。なんの興味もないままにページをめくるが、角から原子記号を記した放射線を発している六角形の上で手が止まる。こんなものが何だっていうんだ。こんなものが。こんなものに興味を持っていたのはずっと以前のことではないか。しかし、壁の図形が化学構造式に変わっていく。図形が苦笑したように見える。もう一度紙切れを取りあげて、額にしわを寄せてその図形を調べる。記号を一字一字声に出して読み、この学識豊かな論文を読み通したのです。不意に飛び起き、立ち上がり、頭をガンガン叩きながら部屋じゅうを駆け回る。そうとも、そうとも、これこそはまさにあの図形だ。あのいまいましい化学式。あれを持って、あの当時、もう二十年以上も前のことだ、全く、なんて時代だったことか、ちきしょう、なんて時代だったことか！　あれを持って、化学の大御所を訪ねたんだ。先生、もし先生の実験室で――大規模にこの仮説的化合物の実験をお許しいただけませんでしょうか。先生はゲジゲジ眉毛をつり上げる。なんて長い眉毛なんだ。『ナンセンス、ありえんよ。君はこれこれの権威をご存じない。これこれの論文もお読みでないようだ』ところが、おれはとっくの昔に一連のベンゾル化合物、その他の存在を理論的に証明していたのだ。患者X氏は部屋の中を駆け回り、興奮のあまりへらへら笑っている。あの問題がここに明白に、あるアメリカ人の署名入りで出ている。そのことは疑う余地もない。しかも予想もつかぬ企業化の可能性があるという――患者X氏は地面に打ち込まれたかのように立ちすくむ。それは可能性の長い鎖の中の一個の円環、円天井の構造の一個の角に過ぎぬだろう。六角形の構造式、それが幾何学の法則に則って蜂の巣の巣房のように次々に隣のカメノコ図形につながっていく。だが、やつらはそんなこたあ知っちゃあいない――患者X氏はへらへら笑う――やつらにそれが思いつくものか。ところがそのことは書いてある。あのノートの中にすべては描かれ、記録されている。そのノートは木箱のどれかにしまってある。ガラクタを押し込んだ物置きの中だ。その中には壊れた玩具やお母さんのお古の服もあった。多分、もう、みんな白蟻に食い荒らされているだろうが。いや、あんな北国に白蟻なんぞいるはずがない。あそこにはみんな残っているはずだ、以前の通りに……」

千里眼氏はベッドの上に座り、上体を大きく揺らせ始めた。

「彼はベッドの上に座り、体を揺らせ、その他の図形がどんなだったか、どんな具合につながっていたかを懸命に思い出そうとしている。しかし、暴飲と無気力、歳月と孤独に思考力が鈍っている。彼はしゃにむに屈伏させようとでもするように、この研究論文をげんこつで殴りつける。いまさらそんな鈍くて、堅くなってしまった頭でどうしようって言うんだ。化学的図形の代わりに彼の目の前には南十字星やエリダヌス、ケンタウルスにうみへび座などの星座が入り乱れて見えるだけ。それでも彼はその星座どもを払い除けようと手を振るが、恐ろしい強迫観念となって彼のなかに居すわっている。そして突然、ここでだ――稲妻のように――ひとつのアイディアが浮かぶ。『うちへ帰って、あのノートを見つけよう』すると、ありとあらゆる憑き物が落ちたように、全く特別の、無限の解放感に満たされる。あのとき彼は立っていって、怒り狂って絶望的に金網に体当たりを繰り返す蝿に窓を開けてやったのだ。そして壁の上を当てもなく這い回る南京虫まで逃がしてやったのだ」

千里眼氏は頭を片方に傾げて、この場面を楽しんでいるかのようだった。

「不思議なのは」彼は一つの注釈を試みた。「同一の事件を全く異なってはいるが、同時に正しい、二通りの方法によって説明できるということです。患者X氏がかくも短兵急に帰国を決意したということの裏には、あなた方も、多分、彼自身もそうでしょうが、彼の精神的財産を盗まれないようにするためだったとお思いでしょうね。彼のノートに多少なりと値打ちがあると知ったとき、そのノートのことがひどく気になりだしたのです。これをもとにかなりまとまった金を手に入れることができるかもしれない――この側面の問題にしても、すでに若者ではない患者X氏には無関心ではいられなかった。しかし、何よりも重大な動機は、それが彼自身の問題に関わっていたということです。つまり、われわれの誰もが避けて通ることのできない『自我』の強調です。私たちは自分の財産、自分の権利、自分の仕事を自分自身の生命を守るかのように本能的に、必死に守るじゃありませんか」

「しかし、他方」千里眼氏は最適の視角を得ようとするかのように、首を反対の側へ傾けた。「この手の動機というのは、決意した行動を実現させるためのとっさの、あるいはその場かぎりの衝動であり、あえて言うなら、単なる口実に過ぎないとも言えるのです。患者X氏を彼の人生の全体の中に置いてじっくり見据えてみると、そこにはまた別の様相が見えてきます。問題は彼の精神的財産なんかではなく、もっと大きな、もっと重大なもの、つまり、彼の義務だったのです。彼はかつて挫折を挫折のままほったらかしにすることでその義務から逃れました。彼は問題が手に負えなかったから止めてしまい、放り出したのです。そのとき以来、彼は浮き草のような、味気ない生活、なんの当てもない生活に憂き身をやつすことになってしまった。道を踏み外したとも言えるかな。そうです、それは悲劇的罪といえます。たとえ他に仕様がなかったとしても、罪であることに変わりはない。今、彼は戻っている――それとも、彼の精神のコントロール機能によって、一旦は見失った道へ戻されている。なぜなら、彼には同じ道を歩き続ける忍耐力も意思の力も与えられていないからだ。彼は身体の器官をむしばまれ、倦怠の麻酔に汚されてはいるが、成熟した人間として帰っている。今ではもう、人生の恐ろしい、避けては通れぬ義務を悟っている。なぜなら、彼は死の義務を予感しているからだ。輪は閉じられ、あらゆる必然性は満たされる」

「それじゃあ、彼は帰りたがっているんですね」少しの間を置いて外科医が確めた。

「そうです。しかし、その前に片付けておかなければならないことがあったのです。持ち物その他を処分すること。このような外面的な障害がもつれてくればくるほど、彼の苛立ちもつのってくる。こんな日が延々と続いてくると彼の行動もだんだんと衝動的になってくる。帰りたいの一念に正気を失い、一瞬一瞬が身を刻む拷問にも思えてくる。とうとう終いには収拾がつかなくなり、一切合切ぶち壊しにして、まっしぐらに逆戻りしたのです。彼が出発したその場所に向かって」

「船でですか?」外科医が尋ねた。

「……わかりません。しかし、彼の帰国が灯台の光に導かれるようなものだったら、それもまた彼には耐えがたい長さに感じられ、苛々のあまり爪がてのひらに突き立つほどこぶしを握り締めていたでしょう。彼の帰国は、きっと真っ逆様に墜落するような、猛スピードの終わりのない旅となるべきだったんでしょうね」

「私は地図を調べてみましたがね」外科医が口を挟んだ。「飛行機だとすると、フロリダ、カナダを経由でヨーロッパか、ポート・ナタル、ダカールを経由してヨーロッパかのいずれかです。でも、おあつらえ向きの飛行機が摑まるなんてよほどの偶然ですよ！」

「偶然か」千里眼氏はぼそりと言った。「決して偶然なんかじゃありません。これほどまっしぐらに自分の軌道を進むのには、それだけの必然があったのです。流れ星のような炎の尾を引きながらまっしぐらに進んでいく」

「じゃあ……どうして墜落したのです？」

「彼はすでに帰りついていたから」千里眼氏は目をあげた。「おわかりですか、彼は墜落しなければならなかったのです。もはやなすべきことは何もなかった。帰ってきた、それだけでよかったのです」

19

打つ手なし。見込みもない。心臓は弱まり、脈も早い。だんだん早くなる。それなのに血圧は下がっている。弱々しいしゃっくりと一緒に心臓が止まらなくても、いずれは終わりになる。患者X氏のご臨終。誰だ、彼のベッドに花束を供えたのは？

「今じゃあ、黄熱病にも新しいワクチンが出来たそうだがね」高名な内科医が言った。だが、どこでそいつを手に入れりゃいいんだい？　それができなきゃ、この患者は心臓の衰弱で死ぬしかない。神さまだってお手上げだ」

看護尼は十字を切った。

「君のところの例の千里眼氏だが」老先達はベッドの端に腰を下ろしながら続けた。「相当の神経病質者だな。しかし、逃避的な状態と挑戦的な状態とが交互に訪れるという説明は、じつにおもしろかったよ。情緒不安定な人間の躁鬱状態の周期的交替をその話が証言していると言える。とにかく患者X氏の過去の歴史について十分われわれを納得させるに足るものがある」

「彼の過去について私たちがどれほど知っているとおっしゃるんです?」外科医は肩をすくめた。

「多少は知っておりますぞ」内科医は言った。「あの体が多くのことを物語っておる。例えば、彼は長期間、南の方にいた。だが、そこで生まれたのではない。彼はなんだかわけのわからぬ、いろんな熱帯病を背負い込んでいるが、それはその土地の気候に順応できなかったがゆえである。それにしてもだ、なんでこんな罰あたりな地の果てまで逃げ出さなきゃならなかったんだろうね?」

「さあね」外科医はむっつりとして言った。

「私だってそうですよ。しかし、私は医者ですからね」老医師はいくらか棘を含んで言った。「いいかね、彼は周期的ノイローゼ患者だった。こういう分裂症的人間は容易に鬱病に陥りがちだ——」

「そのことはあの予言者が説明したじゃありませんか」外科医は顔をしかめた。

「確かに。だが膝蓋腱《しつがいけん》反射は、また別の何かを物語っておる。ふむ、私が言いたいのはだ——そう、かかる循環気質の人間にあっては、自分の環境や職業と容易に矛盾をきたし、嫌気がさせば、すべてを放り出し、逃げ出してしまう。もし彼の肉体が虚弱であれば、いやいやながらもその境遇に甘んじたかもしれん。が、この男の肉体は動物的なまでに発達しておった——そのことは君も見てわかっているだろう?」

「ええ、もちろん」

「彼の反応は異常なまでに鋭敏だったに違いない。まさに常軌を逸したほどとも言えるだろう。医者としてはこんなことを言うべきではないかもしれんが、肉体的な弱さは多くの場合、人に分別を与え、中庸を教える足かせのようなものだ。弱い者はやられてはいけないという恐怖心を持っているから、自分の反撃行動を本能的に抑えるというわけだ。ところが、例の人物は自分自身にそれほど気を配る必要がなかった。だからこんな突拍子もない飛躍をやらかしたんだ……インド・中国くんだりまで。どうです？」

「船乗りをしながらということもありますね」外科医は注釈を加えた。

「それだって放浪への偏執を物語っていないかね？　君のご指摘にもあるように、この体は教養人のものだ。この患者は生まれつきの放浪者ではない。それなのに、彼が水夫だか冒険家だかになったのだとしたら、そのこと自体、人生の惨めな挫折を証言しているではないか。その葛藤はいかなるものなりや？それがこうであったか、ああであったかはともかくとしても、要するにその葛藤は彼の体格に左右されたということは疑いない」

内科医は意識不明の患者の腕に固定された血圧計をのぞきこんだ。

「こりゃあ、いかん」大きく息をすった。「下がっている。もう長くは保つまい」

彼は鼻の頭をかきながら、身動きもせず切れぎれにかぼそい息をする肉体を哀れむように見つめていた。

「それにしても、驚きだなあ」内科医は言った。「あの熱帯地域にだっていい医者はいるだろうに、植民地の医者がね。苺腫（フランベジア）がこんなに糜爛《びらん》するまで放っておくなんて。多分、医者のいる所からよっぽど離れたところに住んでいたんだな。だから、ハイチかどこかの黒人の魔法使いが塗り薬かなんかを擦り込んでいたんだろう。これじゃとても文化的生活なんて言えんな。やれやれ」彼は大きな音とともにハンカチで鼻をかみ、ていねいに拭った。「人生の物語か。それがどんなものであれ、一読の価値ありだ」老医師は神妙な顔をしてうなずいた。「彼は飲んだ。酔いつぶれるまで飲まずにはいられなかった。思ってもみたまえ、あの気候、息づまる暑さ——とても人間の生活なんてもんじゃない。

それは夢うつつ、意識もうろう、超現実世界への放浪の旅——」

「私に一番興味があるのは」外科医は出しぬけに、彼にしては珍しい冗舌さで話し始めた。「いったい、どうして彼は帰国しようとしていたか——しかもこんなに大急ぎで。こんな嵐の中を飛んでいたということ自体、彼には待てない事情があったことを示しているように思えます——次に、彼は黄熱病に感染していた。つまり、この事故の四日ないし五日前には熱帯地方のどこかにいたということでしょう? そのことは、彼は……たぶん……飛行機から飛行機へと乗り継いだに違いない——これも変です。私はずっとそのことを考えていたのです。こんなにまで大慌てで帰らなければならないほどの、そんな重大な理由っていったい何だったんだろう——。そのあげくがボン。この疾走のさなかに不幸に出会った」

内科医は顔を上げた。「いいかね……彼はいずれにしろ死ななければならなかったのだよ。たとえ墜落しなくても……もはや彼は結末に向かって着々と歩を進めている」

「なぜです?」

「糖、肝臓——そして何よりもこの心臓だ。もはや施す術なしだ。どうだね、君、帰るということはそう生易しいことではないんだよ。あまりにも長い旅だった」

老医師は立ち上がった。「シスター、血圧計を外してください。そう、彼は戻ってきた。家ももうすぐそこだったのだろう。今となってはもう迷うこともあるまい。行き先ははっきり決まっている——だろう、君?」

「詩人の手紙

親愛なるドクトル、

この手紙とともにお届けいたします原稿を、お暇な折にでもお読みください。前もって申し上げておきますが、この原稿には空から落ちてきて、病院では患者X氏と呼ばれている人物のことが書かれています。先生はこの人物のことはもう考えないようにと忠告されましたが、私は従いませんでした。その結果がこの原稿というわけです。もしこの人物のベッドの名札に名前が記されているか、あるいはどんな小さなことであれこの人物について何かがわかっているということであれば、私も恐らくこの人物についてあれこれと思いを巡らそうとは夢にも思わなかったでしょう。しかし、彼の哀れなる未知が私を放っておかなかったのです。私たちの思考力を刺激する要因がいかに外面的で、かつ偶然的であるかこのことからもおわかりいただけるものと思います。

あのとき以来、私は彼のことを考えていました。ということは、つまり彼についての一篇の物語をものしていたということ、つまり、私がこれまで書き記さなかったし、書き記そうとも思わなかった数多の物語のひとつを創作していたということであります。人間や事件を可能性の枠組みの中で見るというのは非常に悪い癖です。思考の中に可能性なんてものを忍び込ませたら、とたんに迷路にはまり込んでしまいます。いま仮に、空想の扉を開けっ広げにしてごらんなさい。なにを考え出そうとそれを押し止めるものなどないのです。なぜって、可能性の領域は汲めども尽きせぬものであり、どんな顔もどんな事件もその裏側には果てしない展望が開けており、快いがそれでいて不安をかきたてる自由があるからです。しかし、ここでちょっとご用心!

いったんその方向へ足を踏み出したら、一歩一歩の正しさを探りながら、確信をもってこのフィクションの道を辿って行かなければならないのです。そこで、もう始まるのです。どちらの可能性が可能的で、本当そうかと頭を悩ましたり、経験や推理で裏打ちしてみたり、自分の想像力《ファンタジー》が真実と呼ばれる秘密の正しい道筋を見失わないように見張りをしながら、その想像力と言い争ったりすることが――。真実を指の先でこね上げるなんて狂気の沙汰だ！　人間や人間の物語を勝手にでっち上げ、そのでっち上げたものをさも現実であるかのように思い込むのもナンセンス！　あなたに形而上学的愚かさを示した一文をご紹介しましょう。『あらゆるものの中で唯一の可能的な可能性が現実である』というのです。ごらんなさい、これぞ幻覚の回り道を通って現実を追いかける空想家の固定観念。あなたがもし、われわれ詩人は幻影を作り出すだけでいいのだとお考えなら、あなたは間違っています。われわれ詩人の執念はもっともっと恐ろしいものです。現実そのものへ迫ろうと努めているのです。

要するに、三日間（その中にはうたた寝や夢も勘定に入れてですが）なんら臆することなく、徹頭徹尾、私自身が勝手に考え出したある人生の現実を求めて努力しました。私がこれまで他の多くの物語を書かなかったように、今度の物語も書かないでしょう。でも、この人物にけりをつけるためには――その上、あなたは私の主人公を、いずれにしても、綿と包帯で作ってくださいましたね。だから、それをあなたにお返しするのです。シャボン玉を飛ばせばいいという、あなたのご忠告に従った結果かどうかはともかくとしても、そのシャボン玉がとても美しい虹色になるかもしれませんよ。でも、時は急を要しているとか。私としても燃えながら色を変えていく人生の色彩に魅入られて、ぼんやり見つめているわけにはいかないわけです」

外科医は疑わしそうに詩人の原稿の枚数を量っていた。そのとき、ドアが少し開いた。そこに看護尼が立っていて、黙って六号室と思われる方向を目顔で示した。外科医は原稿を放り出すと、駆けていった。そしてもうここにいる。

若いぼさぼさ頭の助手が患者X氏のベッドのほうに屈みこむようにして座り、意識のない患者の手首に指を当てている。外科医はその様子を見てやや顔を曇らせた（この内科医どもめ、おれの領分でのさばりやがる！）。若い、美人の看護婦（彼女もこの科には属していない）――きっと、新入りだな。この助手のぼさぼさ頭だけを見つめている。外科医は皮肉の一つも言ってやろうかとも思ったが、助手は彼には目もくれずに顔をあげた。

「脈泊停止。看護婦さん、ここに衝立てをたのむ」

20

「ひとつの事件を自分流の物語に再構成しようとすれば、好むと好まざるとにかかわらずその事件の結末から始めなければなりません。そこで、事件の一連の経過の発端となった出来事をまず最初に思い出してみましょう。

強風の吹き荒れる、ある暑い日のこと、飛行機が墜落した。パイロットは焼死し、たった一人いた乗客は重傷を負って、意識不明の状態。事故機の残骸の近くに寄り集まった群衆の想像力はいやがうえにもかき立てられる。彼らはこの惨劇の目撃者であることに興奮し、恐怖に身をすくませ、何をなすべきかについて互いに意見を述べ合っている。しかし、恐怖と物理的困難さに遮られて、だれひとり意識不明者の救出に手を貸そうとするものはいない。憲兵たちが駆けつけて、混乱もやっと収拾の目途がついてきた。憲兵たちは群衆に、君はこっち、あんたはあっちと大声を張り上げて指図する。不思議なことに、群衆は一見しぶしぶと、だが内心は喜んで、ほっとしながらまじめ顔して命令に従っている。消防士を呼びにいく。医者を呼びにいく。救急車に電話する。その一方で憲兵たちは証言をとり、群衆は神妙に沈黙し足踏みしながら耐えている。だって、お役所の仕事に協力しているのですからね。

私はこのような不幸な事件に出会ったことは一度もありません。でも、今の私はこの不幸な事件にどっぷり浸りきっています。私自身が目撃者の一人です。私も現場へ行こうとして、種まきのすんだ畑地を用心深く避けながら（だって私も田舎の住人ですからね）息を切らせて畔道づたいに駆けています。

私は心配なんです。だから忠告もしますし、意見も述べます。パイロットは多分エンジンを止めなかったんです。それから消火には砂を使ったほうがいい。こんな細かなことはいくら考え出したところで無駄なこと、なんの役にも立ちません。なぜって、そんなものはこの物語にも、その他のお話にも使い道がないからです。それに、そんなことを知っていたからって、おれは大惨事を目撃したんだぞ、とは友人たちにだって自慢できません。——あなたはこれっぽちも想像力というものをお持ちじゃない。だから『ご愁傷さま』と言いさえすれば、あなたにとってはそれで一件落着なんでしょうがね（あなたの医者としての務めはともかくとして）。それにしても、私が残酷悲惨な細部の描写に心血を注いでいるというのに、これはまたなんと正当かつ単純な反応でしょう。人生が見せる様々な局面は、私にとっては自由奔放な想像力でいろんなふうに発展させてみようという気を起こさせるまさに刺激剤なのです。

ところがそれに対する、もう一方のあなたの反応の、単純で人間的なこととときたら、見ていて恥ずかしくなることがしょっちゅうです。私としても、それが移り気な好奇心のなせる業か、それとも反対に異常なまでに執拗な探求心の働きによるものかはっきりとはわかりません。しかし（私たちの話題の人物に話を戻すなら）私はひとりの人間の死に至る墜落を恐怖に満ちたグロテスクな多くの情景で飾りました。それというのも、私はこの墜落を、羽をもがれた天使の墜落のような、恥と後悔の物語として描きたかったからです。私がいろんな細かな点にいたるまで、懺悔でもするような気持ちで思い浮かべたのもそのためです。それなのに、あなた方は事をより簡単に処理される。『ご愁傷さま』の一言で事故の現場にたいする聖なる献辞は終わりです。

多分、この説明は多少あなたを戸惑わせることでしょう。空想《ファンタジー》はそれ自体、子供のように不道徳で残酷です。恐怖と滑稽が大好きです。自分の仮構の人物に、より大きな同情を抱くために、私はなんとしばしば悲嘆と屈辱の道へ彼を引き入れたことでしょう！　私たち空想の製造者とはこういった類の人間です。私たちはある人物の人生を賞賛し、評価するためなら、彼に苛酷な運命を担わせ、葛藤と苦悩を最大限にまで高めます。しかし、そんなものの中に取り立てて言うほどの人生の栄光があるんでしょうかね？　自分の人生が無駄ではなかったと吹聴したい人は、頭を振り振り言うでしょう『わたしゃいろんなことをしてきたよ』とね。じゃ、先生、私たちの役割を分担してみようじゃありませんか。あなたは職業柄、そして人間に対する愛から彼の苦痛を取り除き、一方、私は人間に対する愛とその職業柄、彼を犯罪や葛藤の包帯でおおってやり、ペルー・バルサン香を塗る代わりに、彼の傷口をたっぷりとほじくり返してやるのです。あなたは美しく清潔に治癒した傷口を優しくなでてあげるでしょうね。ところが私ときたら、驚き顔に傷の深さをしげしげと観察するのです。最後には、きっと痛いだろうねと口に出して言うことで、私だって多分、その痛みを取り除くことができるんだと思いますよ。

私は、文学がともすると悲劇と滑稽劇に陥りがちなことに対して弁明に努めているところなのですよ。この二つのものは想像力が独自の手段と独自の非現実的な過程をへて現実の幻想《イリュージョン》を作り出すために発見した、いわば迂回路なのです。現実それ自体は悲劇的でも滑稽でもありません。ただ、そのどちらに対しても少々深刻過ぎるし、際限がなさ過ぎるのです。同情とか笑いというのは、私たちの周辺で起こる事件について解説したり、論評したりするための単なるショックに過ぎません。どんな方法を使ってでもこのショックを呼び覚ましてごらんなさい。そうしたら、あなたの周辺で何か現実的なことが起こったかのような印象さえ呼びおこすことができますよ。この感情的衝撃は強ければ強いほど、一層現実的に見えるものです。どうです、私たち想像力の専門家が硬直した読者の精神を効果的にかつ容赦なく揺さぶるためにどんなトリックや魔術を用いるか、とても思いも及ばないでしょうね。ねえ、先生、あなた方の高潔で良心的な生活の中には、同情とか笑いとかの入る余地はそう多くはないんですね。あなたは血を流している人間の恐ろしい姿を見ても、震え上がったりはなさいません。逆に、血を拭い、必要な手当をなさいます。ソースをこぼした人の滑稽さを楽しもうともせずに、結局、汚れをきれいに洗うよう注意をする。おかげで、人々の大笑いはおしつぶされ、爆笑を呼び起こした事件は中断されてしまうのです。それならば私たちは、あなた方に邪魔もできなければ、手出しもできないお話を作ろうじゃありませんか。歴史のように訂正もできなければ、変更もできない話です。さあ、この原稿を放り出すか、突き付けられたショッキングな話に熱中し、その裏に隠された、それに対応する現実を探し出してごらんなさい。

以上に述べました説明から出てくる技法上の結論がここにあります。私が想像力《ファンタジー》の道筋を通っていくとしたら、私はショッキングな非日常的事件を選ぶでしょう。肉屋が家畜の値踏みをするように、私もその事件がたっぷり脂ののりきった、内容豊かな大事件であるかどうかを品定めします。ほら、ここに一人の人間の墜落があり、突如として巻き起こった恐ろしい竜巻があるじゃありませんか。そんなものを見たら誰だって身のすくむ思いを覚えずにはいられませんよ。ああ、これはまた、なんと絶望的な混沌でしょう！　こんな折れた翼や支柱から何が出来るというんです。紙で作った凧《たこ》のようにせめてもう一度飛べるようにするためには、どういうふうにつなぎ合わせればいいのでしょう。その凧を私が自分で糸を引いて飛ばせるんですよ。こんなものを目の当たりにしてできることは、驚きのあまり声にもならぬ声を発するか、礼儀正しい人のように重々しく、神妙に『ご愁傷さま』と言うかです」

21

「想像力《ファンタジー》は取り止めもなくさまようものと言われています。多分、ときにはそんな場合もあるでしょう（お断りしておきますが、そんな場合は文学には当てはまりません）。ところが、想像力は、犬が嗅覚を頼りに新鮮な足跡を追跡するように、敏捷に注意深く活動することのほうがはるかに多いのです。想像力が熱心に鼻を鳴らし始めるやいなや、引き綱を引っ張り、私たちをあっちこっちに引き回します。あなたは狩猟家だからおわかりでしょう。獲物の跡をたどっている猟犬はジグザグに走っていても道に迷うことはありません。それどころか、反対に、熱心で執拗な興味をもって、痕跡を追い続けます。正しく培われた想像力は決して朦朧とした夢想なんかではなく、異常なほどのねばりと鋭い集中力をもった活動であると申し上げておかなければなりません。勿論、立ち止まったり、ジグザグに行ったりすることはありますが、それだって、これが今まで追跡していたものかどうかを確めるためなのです。『執念深い猟犬君、君が追ってた獲物はどっちへ行った？　君の目指す目標はどこなんだい？』『目標？　目標ってどんな？　おいらは生きた獲物を追いかけているだけさ。どこへ行きつくかなんて、おいらにもまだわかんないのさ』

いいですか、小説を書くというのはね、むしろ狩猟に似た行為です。前もって出来上がった設計図通りに教会堂を建てるのとはわけが違います。最後の瞬間まで、出くわす事件に驚かされっぱなしで、思いもかけぬところへ行きつきます。でも、それだって、脇目もふらずに熱心に、生きのいい獲物の跡を追っかけているからです。白い鹿を追っているうちに、思いもかけぬ新天地が開けているというわけです。書くというのは冒険です。もうこれ以上、この職業の賛美になるようなことは申しますまい。私たちが自分の獲物の足跡を忠実に追っているかぎり、道に迷うことはありえません。たとえ私たちの遍歴の行きつく先がガラスの山か、隕石の落ちた焼け焦げの跡かであろうとも、幸いなことに私たちの進んだ方向に間違いはなく、正しい道筋を見失ってもいないのです。(いい獲物の痕跡を見うしなったときの心配や、それでも追跡を続けようとする惨めな望みのない努力や、私たちの前を駆けていくかわりに、私たちの後からとぼとぼと疲れて卑屈に垂れた鼻面をかかえて、なんの手柄もないご帰還についてここで言うのは止めましょう)

以上のことから言える肝腎な点は、想像力が熱病のような好奇心で武者震いしないようならば、私たちを一寸先へも引っぱっていかないだろうし、なんの役にも立たないだろうということです。そんな想像力なら悪魔にでも食われろだ。もし想像力が自分の前方に目には見えぬ道筋を描いてもいず、その道筋を終点までたどる忍耐力もなしに舌をだらりと垂らしていたら、私は『くたばれ』と言いますね。

世に才能と言われているものはその大半が好奇心と執念です。つまり、なにか生き物の後を追跡しよう、広大な世界の中にまぎれこんだ野獣の後を追いかけようという好奇心です。ねえ、先生、世界は広大です。私らの経験なんかよりずっとずっと大きいのです。世界は事実の集積と可能性の全宇宙から出来ています。私たちの知っていることはすべて、そこでは可能性として存在しています。そして現実に起こった出来事は過去から未来へとロザリオの玉のようにつながった偶発性の一個なのです。もし、私たちがある人間を追跡しようと思うなら、推理の世界に踏み込むより外にしようがありません。そして彼の過去、未来における可能性の足跡を嗅ぎわけるのです。

もし彼の生きざまをこの目で見ることができないのだとしたら、想像力で追跡せざるをえないでしょう。それが完全な作り話かまたは完全な現実かは全くどうでもいいことです。もしかしたら、空気の精《アリエール》かもしれないし、打ち紐売りの行商人かもしれません。両者とも可能性という純粋で無限な素材で紡がれているのです。その可能性の中にはすべてのものが、現実にあることさえもが含まれているのです。実話だとか実在の人物だとか言われているものは私たちにとっては、何千とある中の可能性の一つにすぎません。だからといって、その可能性が一番筋の通った重要な話というわけでもないのです。あらゆる種類の経験は『シビルの予言書』の偶然開けた一ページ、あてずっぽうに読み上げた言葉にすぎません。私たちはもっと知りたいのです。

それではもっとわかりやすくご説明いたしましょう。私たちは想像力に導かれたら、ある種の無限の世界の敷居を跨《また》ぐことになるのです。その世界は私たちの経験では推し量ることもできなければ、私たちの認識をはるかに越えた、私たちの思いも及ばぬほどの内容豊かな世界です。私にしたところで、正体不明の何かを追いかけているうちに、めくらめっぽう闇雲にこの世界に飛び込んだというんでなければ、こんな無限の曠野に踏み込む勇気などとても湧いてはきませんよ。もし誘惑者の悪魔が『さあ、何でもいいから、何か考えだしてごらん』とささやきかけたとしたらどうでしょう——私たちは当惑し、多分、この課題の無駄さ無意味さに恐ろしくなって尻込みするかもしれませんね。目的も方角も定かでないままに、暗黒の海（マレ・テネブラルム）に漕ぎ出すような恐怖を覚えることでしょう。問題を出してみましょう。気違いともペテン師とも思われたくない男が実際にはない話を考え出すために持つ権利とはどんなものか？　回答はたった一つだけ。幸いなことに、決定的な疑う余地のないものです。『好きにさせときたまえ。彼はそうせざるをえないのだ。彼は引き回されて、まっしぐらに何かを追っかけているんだ。彼のジグザグの軌道は必然性の道筋なのだ。必然性が何であるかは彼にではなく神に聞くがいい』

天から落ちてきた人物のことがどうしてこんなに気になるのだろう？　どうしてアリエールとかヘキューバではないのだろう――なんてことを私はあれこれと考えていました。ヘキューバなんて私にはなんの関係もないじゃないか！　ところが、ある時期ヘキューバが私の最大の関心事となり、天使がヤコブを祝福したように彼女が私を祝福するまでに、ヘキューバのことに熱中するという運命に遭遇することもありえます。しかも、目を涙で泣きはらした老婆の人生の悲しみを私自身が実感するように、慈悲の心が私に与えられるかもしれません。ヘキューバのことは神さまにおまかせしておきましょう。私がヘキューバのことにこれ以上の興味を持ち続けないのは私の移り気のせいもありますが、前にも申しました通り、今の私は目的地まで行きつけなかった人物のことで頭が一杯なのです。私としましては、それだってあなたのせいだと申しあげたいですね。だって、あなたがお得意の率直な表現でおっしゃったじゃありませんか。『いったい、どうしたというんだい？　こんな風の中を飛ぶなんて』ってね。

そうですよ、一体全体、どうしてなんです、こんな嵐の中を飛ぶなんて？　こんな非常識な飛行を企てた以上は、そこにはなんらかの大きな避けることのできない理由があったに違いありません！　そこに何か検討すべき、不審の念を抱くに値する事情があったのではないでしょうか？　確かに、人間が事故で死ぬのは偶然でしょう。しかし、あらゆる常識に反して飛行したのだとしたら、それは偶然ではありません。何らかの理由から飛ばなければならなかったのは明らかです。だから、壊れた玩具ならともかく、とても常識では考えられないような残骸の上には、偶然と必然とがからみ合った大事件が影を落としているのです。『偶然』と『必然』はアポロ宮殿の巫女ピューティアが座る三本脚の台座の二本の脚です。残りの一本は『秘密』です。

あなたはあの人物に会わせてくださいましたね。顔も名前もない男、意識のない男に。この意識こそは人生最後のパスポートです。だから意識によって証明できない人間は、言葉の厳格なしかも残酷な意味において『身元不明人』になるのです。彼を認識することが彼に対する私たちの義務だという、切実な気持ちを彼を前にしてお感じになりませんでしたか? 私はあなたの目の中に、少なくとも彼が誰であり、こんなに急いでどこへ行こうとしていたのか知りたいという気持ちの現われを見ましたよ。多分、私たちは彼がここまで辿り着いたということを報告して、この人間的な義務を果たすことはできるでしょう。私はあなたのように人間的ではありません。私は彼の世俗的問題については考えませんでした。しかし、彼に関する探偵的情熱が私に取りつきました。だから今となっては、もはや彼以外の何ものもまた誰も私の興味を引きません。あなたはお好きになさっていてください。私は彼を追跡しなければなりません。彼を知る手掛りがこんなにないというのであれば、私は自分で彼を考え出しましょう。私は彼の可能性の中に彼を捜すことにいたします。私に彼が何の関係があるのだとお尋ねですか? そんなことは私にもわかるはずがありません。私にわかるのは、この事件が私に取り付いたということだけです。

22

「私は『探偵的情熱』という言葉を使いましたが、まさにその通りだと思います。でも、この情熱は全く偶然に、情熱というのもおこがましいほどの些細な事情によって呼び覚まされたものでした。私をあの患者のところへ連れていかれたとき、先生は彼の書類は焼けてしまったらしい。彼のポケットからはフランス、イギリス、アメリカの小銭とオランダの贋金が一摑み見つかっただけだとおっしゃいました。この小銭の収集品には私も驚きました。この人物はこれらの小銭の流通している国々で何かをやっていたのだと、そして使い残しの小銭をポケットの中に入れっぱなしにしていたのだと判断できそうです。でも、私が旅行するときは、いつも出国しようとする国の小銭を国境で、なんとしても使ってしまおうとしたものです。その理由は第一にもはや交換ができないから、第二には間違えないようにするためです。そこで私が思ったのは、この人物は多分、これらの小銭に慣れていた。しかもこれらの小銭が使われている地域に住んでいたに違いないということです。それと同時に思いました。アンチル諸島、プエルトリコ、マルチニク、バルバドス、それにキュラソー。つまり、本国の通貨も流通するアメリカ、イギリス、オランダ、フランスの植民地だとね。

一握りの小銭から西インド地域へというこの思考の飛躍を心理学的に説明しろとおっしゃるなら、私の印象の中に次のようなことがあったと言えます。

1　強い風が吹いていたこと。その風は私にハリケーンを思い起こさせた。リーワード（風下）諸島とサイクロンで有名なカリブ海地域への連想。

2　私は自分にも、自分の仕事にも嫌気がさして、不満で、腹が立っていました。そこからとりとめもない空想、逃避への願望が出てきたのです。遠い異国への郷愁、それは私の場合いつもキューバで、私のノスタルジーを誘う島でした。

3 この人物がどこか遠いところから飛んできたのだなという想像が執拗にまつわりつき、多少羨ましく思わせたこと。このことは無意識のうちに現在の事件といま述べた気分とを結び付けました。

4 結局、この事件そのもの、この飛行機事故は、私の心をほとんど快いまでに興奮させ、同時に、ロマンチックな推理でこの事件を美しく飾りたてたいという気持ちを煽りたてるセンセーショナルな事件でした。これこそは、人間の悲劇が私たち物語作者の想像力にいかに強く作用するかのいい見本です。

これらのすべての理由から、例の推理が私の中に準備されたのです（今にして思えば極めて皮相なる推理ではありますが）。その推理とはこういうものでした。この一握りの小銭は西インド諸島を示している。その瞬間、私は鋭敏な探偵的洞察によってまさしく興奮し、この人物は真っすぐアンチル諸島から飛んで来たことは火を見るよりも明らかだと思ったのです。この推理は大いに私を満足させ、興奮させました。あなたが患者X氏のベッドに私を連れて行かれたとき、私はすでにこの男が、私の心のアンチルからやって来たのだと確信していました。私はその発見についてあなたには話しませんでした。それというのも、あなたがいつもの不愉快な癖で、人を小馬鹿にしたようなせせら笑いをされるのが怖かったし、この人物は意識がないが故に不気味だったからでした。彼はもはや人間とは見えず、彼の秘密は幾重にも巻かれた包帯の中に堅く閉ざされていました。それに彼の顔もこの包帯が沈黙と未知の仮面となって覆っていたのです。しかし、私にとって重要な点は彼がアンチルから来た男であるということ、そこに住んでいた人間であるということでした。決心はつきました。この瞬間から、彼は私にとって謎を解明すべき私の患者X氏になったのです。私は彼の後を追跡しました。それは、まあ、長い、曲りくねった道程でしたよ。

　そうです、今はもうその追跡からも解放されました。今にして思えば、われながら見事な、ほんとに間違いなしの推理だと思っていたことも、実は、自分で気に入っただけの突拍子もない思い付きに過ぎなかったんだということがはっきりわかりました。だから、もう、その話を書く気にはなれません。恐らくこの人物が、まさか、自分のような実業家は二十四時間も天候の回復を待っている余裕はないんだと自分自身に言い聞かせているハレ・アン・デア・ザール出身の行商人とか、ごく平均的なアメリカ人なんかではあるまいということくらいは証明できるはずです。私はなんだって好きなように話を作りだすことはできますが、自分でその話が信じられる場合に限るというのは、いかにも哀れな話じゃありませんか！　これは本当にこうだったのだという確信が揺らぎ始めるやいなや、私には自分の想像力《ファンタジー》がまるでみすぼらしい子供だましの小細工に見えてくるのです。

　さあ、もう、引き上げのラッパは鳴ったんだぞ、この愚かで、がっつき屋の猟犬め。おまえはさも匂いを嗅ぎつけたみたいなふりをして、落葉の上を嗅ぎ回っているが、そんなものはもともとありはしないんだ。あったとしても可能性の十字路でとっくに見失ってしまったんだ。おまえはまだ匂いの跡を着けてるような顔をしている。それだって、おまえたち犬どもは評判ってものが大好きだからな。おまえは鼠の巣穴を見つける度にまたまた鼻をくんくん鳴らして、おれたちの追っている獲物はここだと言いくるめようとする。いいから、そんなもの放っておけ。ここにはいない。するとおまえはさも言いたいことがあるみたいに、犬の目でおれのほうを見つめるのだ——なんで私を責めるんです？　あなたがご主人さまなんですから、どっちに行くか、お望みを言ってください！——ふん、おれはいま道を探しているんだ。どうしてあっちでなくてこっちに進むのか、その理由を知りたいんだ！　おお、神よ、理由です！　動機です！　信憑性です！　なんたる失態！　この犬までがもう私を信じない。それどころか自分でさえも信じちゃいない。そして私が何を求めているかもわからなくなっている。これか？　あれか？　それとも別のものか？　ご主人と犬が手ぶらでご帰還だ。失敗したときの孤独感は実に妙な気分だ。

お断りしておきますが、この物語が何にもとづいて作られたかが、あなたの気になるというのでしたら、あなたの目の前でこの物語をばらばらにしてしまう必要が出てきます。物語が完全で、迫真的であるかぎり作品の魅力に酔って『ここにあるすべては極く自然で、作り物めいたところは全然ない』と保証してくださるでしょう。先生、私はこの物語を純然たる本能を頼りに書きました。自分でもなぜだかわかりません。だから、この物語は想像力そのもの、直感そのものです。この物語があなたの目にばらばらになって見えてきたとき初めて、何によって物語を支えていたか、いかに巧妙に、こっそりと自分の想像力を忍び込ませていたかに気づかれるでしょう。おお、なんたる寄せ集め！　なるほど、いたるところからもっともらしい理由づけ、果てはわざとらしい構図までもが見えてくる。なんたる小細工！　組み合わせと計算だ。これらのものはすべて生ま生ましい夢のように、ひとりでに頭に浮かんでくると同時に、試しては捨て、熟考しては予測する執拗な技術者の思考の産物だと思っていたのに、その物語が生命を失い、分解された今となっては、合理的作業の筋書や才覚や、全く紋切型の手仕事や気遣いばかりが見えてきます。だから、先生、あえて言わせてもらうなら、壊れた機械というものはばらばらになった人生と同じに怖いものですし、全く同じ、無の深淵であることに変わりはありません。

だからといって、瓦礫と化した物語への哀悼の念を失敗した仕事に対する無念さで説明し尽くせるとはかぎりません。おわかりですか？　この瓦礫の中には人間の人生がたくわえられているんですよ。『そいつは変だぜ、その人生というのはもともと単なる作り話じゃなかったのかい？』とあなたはおっしゃるでしょうね。『そいつはもともと暇つぶし用に考え出したお話じゃないのかい』って。

なあるほどね。でも、それだって変ですよ。その人生がただの作り話だって、そんなにはっきり言い切れるもんじゃありません。だって、私がその人生をそういうふうに見た以上、それは私自身の人生だったのだと、私は申し上げたい。それは私だったのです。私がその海であり、またその男でもあったのです。唇の黒い影から漏れ出た口づけも私のものだったのです。その男はホー岬の灯台の下に座っていましたが、それだって私がホー岬の灯台の下に座っていたからです。だから、彼がバルバドスだかバルブーダだかに住んでいたのだとしたら、幸いなことに、結局、私がそこに辿り着いたからです。その全部が私です。私が勝手に考え出したのではありません。私はただありのままの私を、私の中にあるものを言い表わしただけなのです。だから、もし、私がヘキューバかバビロンの娼婦について書くとしたら、それは私であると言えるでしょう。私は萎びた乳房を揉みしだき悲嘆に暮れる老婆となり、また、脂で光る髭を生やしたアッシリア男の毛むじゃらの腕の中で淫らな愛に酔いしれる娼婦にだってなるでしょう。そうです。男にも、女にも、子供にだってなるでしょう。いいですか、これは私です。私が目的地まで行き着けなかった人物です」

23

「さあ、もうたくさんだ。前置きは終わりです。これでやっと私たちの物語が生まれた経過を辿る旅へ旅立つことができるわけです。私たちにはわかっているのは、目的地まで行きつけなかった人物だけが与えられていること、そして彼の墜落は、いわば、偶然と必然から作られた悲壮な事件であったということです。偶然と必然が与えられている。なぜなら、それ以上、詳しいことはわからないからです。その二つから出発点ないしは私たちが追跡する手掛りを作り出してみましょう。偶然と必然。この二つの要因からある一定の人生を構築してみるのです。そして、この人物の究極の墜落も因果関係にもとづいた合法則的なものとして、この二つの要因から導き出しましょう。

ご覧なさい、発端としてはなかなか期待を持たせるじゃありませんか。偶然、これは自由と冒険を意味します。気紛れで、計算不能な偶然、可能性の角笛、魔法の絨緞。それはまた、なんと変幻自在、幻想に満ちた綾織りでしょう。重さもなければ、反復もない。広がるかと思えば、神秘の襞《ひだ》を形作る。この生地を使えばなんだってできる。この翼は私たちをどこへでも運んでくれる。偶然に勝る詩人がいるでしょうか？　それに反して必然は身をやつした運命の女神です。持続的で不変の力。必然は法律であり秩序です。円柱の列のように美しく、公理のように疑問の余地を与えません。

これ以上言うのは無駄でしょう。私が望み、憧憬して止まないのはそれ、偶然です。偶然はわが家の机にへばりついている引っ込み思案の出不精者をどこかへ連れ出してくれるのです。偶然は冒険好きで、何をしでかすかわかりません。また、息を切らせて私と一緒になってきりきり舞いする慌てものでもあるのです。

『おい、相棒、おれたちも年をとったねえ。だったら、人生なんて退屈なもんだとあきらめて、生きていくことにしようじゃないか』

『それもいいけど、もうひとつのほうはどうするね？　状況に左右されない、確実なほうは？　わが人生よ、徹頭徹尾必然の支配するところのものであれ。われのなす行為のすべてが秩序によって支えられていたという確固として揺るぎなき確信が遂には得られますように。幸いなことに、私は自分に課されたこと以外にはいたしませんでした』

ほら、ご覧なさい、この人物だって偶然と必然に支配されていたんだ。私自身がそうなるでしょう。私は行先もわからぬ、逆戻りもできない旅にでかけます。その代償は私に考えられるありとあらゆる苦難によって払いましょう。だってこういった遍歴は行楽の旅ではありませんからね。

それじゃ、神の名において、この仕事に取りかかりましょうか。先をどう進めればいいかわからなくなったら、偶然か必然に助けてもらいましょう。何から始めましょうか？　アンチルから来た男の物語の書きだしの言葉は何にしましょうか？　まず、書きだしは、『母親を持たない少年がいた』としますか。いただけませんね。これじゃ、先が続かない。確かに、患者X氏には顔も名前もありません。自分自身の証明となるものがないのです。身元不明人なのです。彼に故郷を与えたら、多分、幼児のころからの彼がわかるでしょうね。その代わり、彼は身元不明人ではなくなります。その結果、現在、彼の最も強烈で、決定的な特徴が失われることになるのです。彼が本来の彼としてあるためには、彼の未知性《インコグニート》は保たれなくてはなりません。出生もわからなければ、身分証明書もない男でなくてはなりません。諸々の事実は事実として受け取り、呈示された事実から出発しましょう。彼は天から私たちのところへ落ちてきた。彼のこのような登場の仕方は確かに特徴的です。私たちの物語の中でも、彼がなんとなく天から降って来たような、突如として湧いて出たような、どこからとも知れず、偶然によって生み出された、留保なしの完全に未知の人間として登場する必要があるのです。

そこで、私たちは一人の人物とその登場に立ち会うことになります。彼が私たちの前に姿を現わす場所はあらかじめ決まっています。それはキューバです。その場所はアンチル諸島の他のどこでも構いません。それどころか、それが十分遠くさえあれば世界中のどんな場所でもいいのです。この距離は、彼が飛行機に乗っていたこと、しかもどこから来たか私たちにはわからないということによって呈示されています。それは遠くの、いずれにしろエキゾチックな土地です。その理由はまさに私たちには未知だからです。あなた方が彼のポケットの中から発見された小銭はアンチルの島々を示しています。勿論、アメリカ、イギリス、フランス、オランダの植民地が隣接しているもう一つの地域があるにはあります。それはフィリピン、安南［ベトナムの一部］、シンガポール、スマトラによって囲まれた海域です。この可能性を排除する根拠は私にはありません。私は選ばなければなりませんでした。そこで、私は明らかに個人的な衝動からアンチル諸島に決めたのです。アンチルは私にとって不思議な魔力を持っていることはすでに申し上げましたね。要するに、そこのどこかが私の逃亡の場所なのです。多分、私はその地を訪れることは決してないでしょう。それでもそこは私にとってかつて私が訪れたどの土地よりも強く存在しているのです。

そんなわけで私たちの物語の出発点は、およそこんなところです。あとは、終着点（テルミヌス・アド・クウェム）を決定するだけです。それが目的地まで行けなかった人物の墜落であることは当然です。しかしここで重要な疑問が起きてきます。つまり彼は新しい目的地に向かって飛んでいたのか、それとも帰ろうとしていたのか？　です。——私たちにわかるのは、彼がすごく急いでいたということです。だってあんなひどい嵐の中を飛んでいたのですからね。一般的に言えることは、新しい環境やまだ馴染みのない仕事に赴こうとする人はある種のためらい、ないしは恐怖感さえ拭いきれないし、それがその人の足を重くするということです。その反対に、帰路にある人はむしろ忍耐力を欠いている。なぜなら、気持ちのほうが先に目的地まで行っているから、そこへ達する道程を軽く見がちだからです。あえて言うならば、この人物がこんなにも急いでいたのは彼が帰ろうとしていたからです。私はこの点を信ずるに足る事実として受け入れています。どこかへ飛ぼうとする人は、選択できる可能的な想定しうる目的地の数は無限ですから、風向風力図のどの方向へでも選べます。だからそんなことを問題にしても始まりません。そのいっぽう、帰ろうとする人はあらゆるもののなかの唯一の想定しうる場所、初めから決定されている、必然的な、変更不能な目的地を目指して飛ぶことしかできません。帰り道とは厳しく限定されたものなのです。これでやっと私たちの物語の結末がきまり、最初から始めることができます。

発端は偶然であり、混沌としてあいまいです。それはキューバのどこか、ブーゲンビリアの生垣のあいだです。誰かが追われ、レボルバーの発射音が轟きます。銀河にも似た道の上に首筋を血に染めた未知の人物が横たわっています。その傷は砂糖黍を刈るときに使うような幅ひろの鎌によるものです」

外科医はそこまで読んで不機嫌に鼻を鳴らし、原稿を机の上に放り出した。首に傷などありはしない。右胸の乳の上に傷痕が一つあるにはあったが、あれは広刃の鎌ではなく、むしろ匕首《あいくち》の傷だ。肋骨で止まった浅い傷だ。

24

「それはキューバのどこか、ブーゲンビリアの生垣のあいだである。誰かが追われ、数発のレボルバーの発射音が轟く。銀河にも似た道の上に首筋を血に染めた未知の人物が横たわっている。その傷は砂糖黍を刈るときに使うような幅ひろの鎌によるものだ。十メートルばかり離れたところに別の誰かが操り人形のように脚を大きく広げて倒れている。こっちの男は死んでいる。

三人の男が刺されたほうの男の上に屈みこんで小声で悪態をついている。だが、この男はすでに自分で体を起こして、ぼそぼそとつぶやく。

『なんです――いったい、なんのご用で？　旦那、どうか命だけはお助けを！』

男は自分の首に手をやり、口をゆがめる。怯えたように血に濡れた掌を見つめ、それから三人の男の方を見る。――なんてこった、この野郎、酔っ払ってやがる！

『こののろま野郎、なんでこんな所に迷い込んで来やがったんだ』三人のなかの一人が怒声を浴びせ、頭をごしごし掻いた。『くそったれめ！　おまえたち、こいつを家まで運ぶんだ！』

男たちは彼の両手両足をつかむと、靴を引きずりながら動き始めた。トウモロコシの袋を引きずるみたいに引きずっていく。男の背中が道にすれて、砂の上に筋を彫りつけていようが何しようがかまっちゃいない。彼らは鼻息も荒く、この流れ者を引きずりながら銀河の道を通っていく。『ケツの骨でも折りあがれ、こんちきしょう！』

彼らはドアを入って男をおろす。一人の老婆が彼の目の前に明かりをかざして、びっくりして、大声をはりあげる。すると、この家の主人であろう――青く、怒りをふくんだ唇と陰険な眉から察するならば――一人の大男がみんなの前に立ちはだかって、言葉を発する。

『こんな豚野郎をうちへ運び込むとは何事だ?』

さっき頭を掻いていた男は全身を緊張させて、もじゃもじゃ眉毛のご主人さまを見つめている。『ご主人さま、逃げないようにでございますよ。この旦那がこっちから飛び出していったとき、わたしら外で鉄砲の音を聞きました。急いで見にいきましたら、この人が倒れていて、この本国人の人がです、それで手には、ほれ、このレボルバーを持っていました。何歩か先に運の悪いほうの人が倒れていて、その人は死んでいました。どうか神さまのお恵みを』

他の二人は何か反対の意見でも言おうとするかのように口を開けたまま聞いていた。すると、ご主人さまは疑わしそうな目を吊り上げた。

『おまえら、確かに死んでいたと言うんだな?』

のっぽの馬丁は十字を切った。『まぬけなやつですよ、ご主人さま。頭の後ろのところに最低三発は食らっていたんです、手にナイフを持って……。この悪党が襲いかかったときに、せめてナイフで抵抗すりゃよかったんですよ。この人殺しはここから逃げようとしたんです。でも、わたしらが捕まえたんです。おまえたちが証人だ、そうだな? こら、そんならそうだと言ってみろ、こののろまめ!』

残りの二人はこのときになってやっと事情がのみこめ、顔じゅうをくちゃくちゃにすると、神さまの保証つきといわんばかりに口を開いた。『ご主人さま、その通りでございます。正真正銘、それに相違ございません。あっちの旦那を撃ってから、こっちの旦那は逃げようとされました。それと、手にピストルを持っていました』

『この旦那をしょっぴくように、警察を呼んだほうがよろしいでしょうか?』のっぽは同意を求めてご主人さまの様子をうかがった。
ご主人さまは青い顎髭をなでながら、眉にしわを寄せて考えた。『いかん、ペドロ（または、サルバドーレです――名前はまだ決めていません）、そりゃ、まずい。もし警察がこいつを捜していたら――』そう言って、肩をすくめた。『しかし、わしは余計なことはせん。そんなことはわしの性に合わん。どっか、小屋にでも放り込んでおいて、酒でも飲ませてやれ』
馬丁は両手を差し上げて抗議した。『ご主人さま、この旦那は自分のことさえわからないんですよ』
『飲ませておけ』ご主人さまはじれったそうに繰り返した。『それから、当分のあいだこの男について余計なことを触れ回るんじゃないぞ、わかったな？』
わかりましたです、ご主人さま。それでは、お休みなさいませ。こいつの歯をこじ開けて、ラムを流し込んでやれ。誰の酒だか教えるな。こんな宿なしがご主人さまの屋敷近くをうろついていたとすると、なにか内密のことでも嗅ぎ回っていたんじゃあるまいか？　混血のようには見えんが、どっちにしろ、狢《むじな》は狢だ。このざまから見りゃ、得体の知れんオランダ野郎か、どっかのヤンキー野郎のなれの果てだ。ゴク、ゴク、ゴク。こいつ、まだ飲めるぞ。やつの頭の中からすっかり記憶がなくなるように、もっともっと流し込め。
これがもとで錯乱状態に陥り、熱病よりもひどい悪寒に体を震わせた。すると、最初明かりをかざした老婆が素焼きの壷に水を汲んできて、意識不明の男の額と頬に湿布をあてる。（結末におけると同じく、冒頭にも意識不明のモティーフ。円環は閉じられる）この女はメキシコのどこかのインディオの血が半分混じっている。彼女はひからびた長い雌馬の顔をしており、その悲しげな目は心配そうに、人間的にまばたいていた。『かわいそうに』そうつぶやきながら、その重い頭に冷たいぼろ切れをまきつける。ピチャッ、ピチャッ、ピチャッと雨垂れが煉瓦敷きの床を打つような瞬きをしながら、あぐらをかいてすわっている。

三十六時間、無意識状態または眠りの状態が続く。男は頭を濡れた布にくるまれたまま横たわり、何をされてもわからない。ときどき、例の馬丁がのぞきにきては、足の先でこづく。おい、起き上がれ、このくそったれの死にぞこないめ！『ご主人さま、あっしら夜になったらこいつを運び出して、どっかへおっぽてきますさあ。悪魔にでもさらわれろだ。おっと、神さま、お許しを』

ご主人さまは首を振る。そんなことでもやってみろ、警察はやつをひっ捕えて、口を割るまで待つだろう。だめだ、だめだ。気がついたら、わしが自分で話をつける。いずれ、わかる。いずれ、そのうちにな。

遂に、手が動き、額に触ろうとする。額にはまだぼろ切れがくっついている。それを剝ぎとると、後にわけのわからぬ、異様なものが残ったが、拭いても取れなかった。その人物は起き上がり、額を強くこする。ご主人さまをお呼びしてくだされ。この方とお話がしたいと仰せでしたから。

ゲジゲジ眉毛のご主人さま（周囲の状況から察すると相当な権力者らしい）は品定めでもするようにぼろ着の男をねめまわした。違う、スペイン人ではないようだ。なぜなら、こいつは履物にかなり凝る質らしいからな。早い話、たとえシャツの袖が片方しかなくっても、やつの靴はオレンジのように光っているだろう。

『気分はどうかね？』ご主人さまが声をかける。

『まあまあでさあ、旦那』

『ヤンキーかね？』

『はい、いや、旦那』

『名前は?』

その人物は額をこする。『さあ、わかりません、旦那』

キューバ人は怒ったように、声を強めた。『それじゃ、どうやってここに来たんだ?』

『わかりません、旦那。私は酔っ払っていたんじゃありませんか?』

『おまえのそばでレボルバーが見つかったぞ』ご主人さまは彼のほうに鋭い言葉を返す。その人物は首を左右に大きく振る。『わかりません。なんにもわかりません。なんにも思い出せないんです――』顔は不安で歪み、必死の様子がうかがえる。彼は立ち上がり、二三歩進む。『いえ、私は酔ってはいません。ただ、頭が……頭にたががはめられたみたいで』そう言って、ポケットの中を探す。

キューバ人はタバコを差し出す。頭をちょっと下げる。グラチアス。その言葉は自然に発せられた。

――違うな、こいつは波止場に巣くうどぶ鼠とは違うな。何か希望があるなら言いたまえ。一応、まともな男に見える。例えば、やつの手だ。手は目も当てられんくらい汚いが、タバコを持つ手つきは――簡単に言えば、紳士だ。キューバ人は不機嫌に眉を吊り上げる。浮浪者なら事は簡単だ。たとえ証言台に立ったところで、物もらいの言うことを信じる裁判官などいるはずがないからな。その人物は飢えたようにタバコを吹かし、もの思いにふけっている。『なんにも思い出せない』そう言うと、彼の顔はだんだんと歪みはじめた。『全く妙な気分ですよ、頭はすっきりしているのに、すっかり空っぽなんですからね。まっ白に塗った部屋の中に入り込んだような』

『多分、あんたにゃわかっとるんじゃろう。あんたが何者であったか』キューバ人が助け舟を出した。

その人物は自分の手やシャツを見つめた。『わかりません、旦那。でもこれから見ると、もしかしたら――』彼は煙とタバコで空中にゼロのようなものを描いた。『なにもわからない』彼はそっと言った。『なんにも、なんにも、浮かんでこない。もしかしたら、そのうちに思い出すかもしれない――』
キューバ人は注意深く、疑わしそうな目で彼を見つめていた。そのあいまいな、いくらか腫れぼったい顔には、興味をそそられたような、そして、なにかほっとしたような、そんな表情が浮かんでいた。

25

「そう、その通り。ここにもまた記憶喪失の一例があります。つまり、私たちが大いに感謝すべきロマンチックで感動的な小説の素材たる、文学的記憶喪失の一症例がここにもあるということです。こんな珍しくもなんともないプロットを見せられたら、あなたならずとも、私だって肩をすくめますよ。でも仕方ないじゃありませんか、もし私たちの主人公が身元不明人のままでなければならないのだとしたら、本人の身分の証《あかし》となるものを抹消し、彼の書類を取り去り、頭文字を削りとる。とくに、いいですか、先生、とくに、彼の記憶をきれいさっぱり拭き消す必要があるのです。それというのも、記憶は私たち自身の身分の証を織りなすための素材なのですからね。
じゃ、先生、あなたがご自分の記憶をきれいさっぱり無くされたらどうでしょう。そしたら、あなたが天からおっこちてきた人物になりますよ。彼はどこから来たのでもない。また、どこへ行こうとしていたのかもわからない。あなたが患者X氏になるのです。記憶をなくした人間は意識を失った人間に似ています。それ以後、彼の脳が明晰で正常であったとしても、現実の基盤を放棄して、その基盤なしに生きているようなものです。だから、いいですか、記憶なしには、私たちにとって現実さえ存在しなくなるのです。

確かに、あなたは医者の立場から、私たちの記憶喪失の症例はアルコールによる急性中毒とあの晩の事件が与えた肉体的ショックによるものと判定されるでしょうね。彼は倒れたとき頭を地面にぶっつけました。さあ、そこに問題があります。精神障害に原因を求めないからといって、医学的には反対する根拠はありません。ここには偶然の要因があります。この点について考えてみましょう。しかし、偶然だけを頼りにするには問題はあまりにも重大です。従って、私たちを満足させようというのなら、事件は必然的に、しかも、因果関係にもとづいて起こったのでなくてはなりません。患者X氏は精神的ショックを受けていた。だから、彼は記憶を失った、いや、失わねばならなかったのです。

しかもその原因は彼のなかにあった。それは彼にとって、彼が自分自身から脱出するための唯一可能なルート、唯一の出口だったのです。それは他の人生への逃亡ともいえます。それが、いったい、どんなものだったかは、この先を読んでください。ここではとりあえず、そこには偶然よりももっと大きな、しかも合法則的な原因が働いていたのだということだけ申し上げておきましょう。

しかし、自分自身の存在理由《アイデンティティ》からの逃亡だって人間自然の願望と軌を一にするものとも言えるでしょう。記憶を失うこと、それは、本当は、なにもかも新規まき直しに始めるようなことであるはずです。自分が今までそうであったものであることを止めること、それはね、先生、なんというか、自由放免といった体のものですよ。多分、あなたも以前、言葉もお金のこともよくわからない、外国に行かれたことがおありでしょう。あなたは確かに自分自身をなくされたわけではないけれども、なにひとつあなたの役に立つものはない。あなたの教養も、社会的地位も、名声も。その他にもあなたの市民的自我を成り立たせているものが、何から何までなんの役にも立たなかった。あなたは外国の街角にたたずむ、単なる見ず知らずの人間に過ぎなかった。

そんな瞬間、あなたはすべてのことを、なんともたとえようのない、ほとんど夢のような鮮やかさで感じられたことをご記憶でしょう。あなたは一切の付加的なものを排除されて、単なる人間そのものに、主観そのもの、精神そのもの、目や心臓そのもの、驚き、戸惑い、諦めそのものになったのです。自己自身を失うこと以上に叙情的なものはありません。

患者X氏は自分が何者かもわからないまでに自分自身を完全に喪失しました。だから彼は極めて驚くべき人物になるでしょう。人生は幻覚のように彼を置き去りにして行くでしょう。すべての人間は未知であり、すべてのものは新しい。しかし、同時に、すべてのものは、もうどこかで見たことがある、彼の人生のいつのころかに出会ったことがある、だが、いったいどこでだったか、おお、あれはいったいいつだったか？　といった絶え間ない追憶のベールのようなものを通して見えてくるでしょう。

彼は何をしても、夢のなかの出来事のようであり、永遠に流れ去る現象の一片を捕えようとしても、常に空しい結果に終わるのです。記憶が拭き消されたら世界がいかに実体のないものになるか、まったく不思議なものですよ。

ある一つの事実について、多分、説明の必要があろうかと思います。それはキューバ人が患者X氏に示した異常な関心です。彼が興味ある心理学的現象として患者X氏を引き止めたとは思いません。私ならむしろこう解釈したいですね。つまり、キューバ人は患者X氏があの晩の殺人の現場に偶然いあわせた証人だというふうには思ってもみなかったということです。この記憶喪失だってちょっと気の利いたゆすりの形式だくらいに、最初から疑ってかかっていたのは明らかです。——あんたの面倒見がよけりゃあ、あたしの記憶はいつまでも闇のなかでさあ。だけど、旦那、あたしの記憶が戻ってこないようご用心というわけです。

とどのつまり、キューバ人はこういうふうにも考えたかもしれません。つまり、患者X氏は何か法律に反することをやってしまった、だから、自分の身元を証明するものを抹消するか、万一の場合に備えて、頭のちょっと変なやつという証明を手にしておこうという魂胆なのだと。それゆえに、患者X氏に対する扱いは用心深く、慎重になされたのです。しかし、この人物の記憶が疑いなく、完全に失われているとどんなに確信したとしても、キューバ人の心の底には、いつかふと夢から覚めて口をきき始めるのではないかという不安がくすぶり続けていました。そのためには、やつを手元に縛りつけておいたほうが得策だ。しかもこの男が礼儀作法を心得た、気のいいやつだということが日を追ってわかってきたとなると、いよいよそのほうが望ましいということになったのです。

それはさておくとしても——うちの商売の取り引き先が幸いなことに、カラカスからタンピコにまで手広くなってくると、やつの語学力が大いに重宝なものになるかもしれん。それもイギリス人やフランス人、オランダ人、それにアメリカの悪党どもと掛け合うにはな。この連中ときたら、神よ、かれらに呪いあれ、一生かかってもスペイン語なんて覚えやしない。第一、ハンブルグから来た連中ときたら、自分らの言葉でなくちゃ手紙も受け取ろうとせん——キューバ人はバナナほどもある太巻きの黒い葉巻を噛みながらこの点を十分反芻《はんすう》したのです。

彼は特製の葉巻を持っていました。混血娘が自分の太腿の上に掌で転がしながら巻いていくとき、彼はそれを自分で監視します。彼は自分用の葉巻を選ぶとき娘によって選ぶのです。もっと正確に言えば、娘たちの太腿の長さによって選びます。脚が長ければ長いほど、娘たちはよく育っているし、葉巻もよく巻かれているというわけです。

やがてキューバ人は、家に連れてきた人物がこれらの言葉を話したり書いたりできるだけでなく、これらの言葉で口汚く罵ることさえもできることに気がついたときには、ほんとに小躍りせんばかりに嬉しくなって、彼に仕事を与えることにしたのです。それというのも、この家にはいろんな種類のいかがわしい商売人がしょっちゅう出入りしていましたから、キューバ人は連中が自分の悪態を理解できないでいるとき、それがどういう意味かを説明するのにいい加減うんざりしていたからです。キューバ人の側から言えば、これは一種の悪党同士の契約であり、言うならば心からの、ほとんど人間的な関係だったといえるものです。もともと彼は――これは誤解のないように言っておきますが――カマゲイの古い、名門のキューバ人で、カマゲイノと呼ばれる理由もそこにあるわけですが、かつては草原《サバンナ》に牛を飼っていたものなのです。

ところが、こんな不景気の時代に家畜の主人だとか、一族郎党を率いるということがもはや間尺に合わんということに気がつくと、あっさり見切りをつけて、かつてこの辺りの島嶼《とうしょ》の間に跋扈《ばっこ》した昔の悪名高き海賊にいささか似ていなくもない流儀の商売に手を染めたのです。要するに、この男（エステ・オンブレ）――われらの主人公のことをかのキューバ人はこう呼ぶのですが――は、たとえそれが商売敵の船を転覆させて沈めてしまうという、たったそれだけのことであったにしても、相手方の言葉で談判し、正規の手順で事を運ぶにはうってつけの人物だったのです。人間は仲間を選ぶときには種牛を選ぶときのような慎重さと、多少予言者的霊感をもって臨まねばなりません。『なるほど、この牛はびっこは引いていやすがね、賭けてもようござんす、旦那、いい種を持っていやすぜ』という具合にね。エステ・オンブレはちょっと変わりもので、正気ではないようにも見えるが、また、なんでもできるようにも見える。

そこで老海賊は大きなため溜息をつくと、意見を求めるために奥方のもとへと出向いたのです。奥方は家のなかのどこか奥のほうの部屋に脹らんだ脚をして座り、独りでトランプを並べていましたが、そんな間にも、彼女のむくんだ顔には永久に涸れることのない涙のような汗がしわに沿って流れていました。これまで彼女の姿を見たものは誰もいませんが、時折、黒人の下女を罵る彼女の低いバスの声が聞こえるのは確かです。

そうなんです、キューバ人が取り引きしているのは砂糖や胡椒、糖蜜、その他ここらの島々の豊かな物産ばかりでなく、なにはさておき儲けになることなら何にでも手を出すというもっぱらの評判です。彼のところへはいろんな連中がやってきます。なるほど、時にはかなりいかがわしい者もいます。勿論、何をもっていかがわしいと称するかは大いに異論のあるところではありますがね。誰かが、トバゴのどこそこにショウガ、アンゴスツラ樹皮、ナツメグ、マラゲット胡椒の貿易会社を設立しようと言えば、別の誰かはハイチに天然アスファルトの地層があると言う。また、他の誰かは鎧のように堅いクバビの木か絶対に腐らないピピリ樹、ほんとですとも、それとも、アルジェリア樫のコルクよりも軽いコークウッドを切り出しましょうと言って来ます。あるいは、まだ労賃の安いどこそこでバニラだかカカオだか砂糖黍だかの栽培をやろうという話。あるいは、キャッサバのスターチやモンビーンのマーマレード、桂皮エキスの生産を大規模にやろうという話。なかには、もうまる三カ月というものこれらの島々に居着いてしまって、あげくのはては、何が商売になりそうか、何をおっぱじめればいいかということが、すべてわかったという連中まで出てきました。さらに商才にたけた連中は労働力の輸入がいいとか、土地投機がいいとか、国家の手厚い保護による株式会社の設立がいいとかいう話を持ち込んできたりしたものです。

老カマゲイノは黒葉巻を噛みながら目を細めて、話に耳を傾けていました。彼は熱帯的肝臓の持ち主、つまり熱帯的胆汁質の人間でしたから、そのことが彼を疑い深くもし、怒りっぽくもしていたのです。彼は天なる神がそこらじゅうにまき散らしたすべての島々に、徐々に自己の権益を持つようになりました。砂糖黍やカカオの農園、乾燥所、水車小屋、醸造所、数マイル四方にも及ぶ原始林などですが、もとはと言えば、彼の仕事仲間が獲得したものなのです。ところが、その後、逃げ出したり、酒の飲みすぎや熱病で死んでしまったりで、彼のものになったのです。彼自身は、肝臓が悪いとか、関節リューマチとか診断されていて、ほとんど一度も家から出たことはないのです。ところが、彼の所有地の内部では大勢の小海賊や悪党や、黒人や恥知らずの混血たちが、燃えさかる悪魔の世界の再現だとばかりに汗をたらして、騒ぎまわり、酒をくらって、淫蕩の限りを尽くしているのです。

一方、中庭《パティオ》のトレド風模様飾りの泉水の中では青い水がピチャピチャと爽やかな音を立てていますが、このひんやりとした白い建物の中には外界のせせこましさはほとんど忍び込んできません。本当をいうと、時には、肉桂の実のさやのように痩せ細った男が目を血走らせて来て、無一文にされたと叫ぶこともあるでしょう。ところが、そういう男を追っ払うために、かつて草原の牛追いだったという若衆が三人待ち構えているのです。『そうそう、あれはいつのことだったか、人の丈ほどもある深い草の中を馬で通っていたときだった。むこうの丘のてっぺんに古い大きなカポックの木が立っていて、その木の陰からだと何マイルも何マイルも先まで見渡すことができる。その先のほうに揺れているところがあって、そこには黒牛の群れがおった。で、そこに行ってみたら、なんか知らんが大層なことでもあるみたいに、たかが何枚かの汗にまみれたドル紙幣のために言い合っとるんじゃ。全く、このサバンナを砂糖工場にしようという連中とおんなじに阿呆なやつだ。なんの話かと思ったら、黒牛の代わりにここにラクダを連れて来ようというんじゃ。あのこぶこぶでのろまな動物をじゃ、そっちのほうが安いと言うて。老人はあきれ顔にゲジゲジ眉毛を吊り上げた。あの連中ときたら、そんなもんに手間ひま掛けて間尺に合うと思っとるんじゃろうか。そんなこと考えるのは他所もんだけじゃ。要するに、どんなことになるか——」

26

「カルタの中に老婦人が出てきた、変だぞ。たくさんの金と不幸な事件。この男(エステ・オンブレ)は裕福な格式の高い家柄の出だな。しかし、今度はそこに女の人物が出ている。多くの災難と何かの手紙。この女の人物に関する限りちょっと変だな。だって、キューバ人の家には女の人物と言える女はこの老婦人がいるだけだし、その外に混血女が何人かいるにはいるが、勿論そんなものは論外だ。不吉な力を発揮して人の運命を予告したり、カルタが示すような関係になったりする貴婦人《セニョール》にはふさわしくない。そんなわけで、占いをよくするという黒人の老婆が呼び出されました。この女はすごく汚らしいカードとラム酒とおまじないによって占うのがすごくうまいのです。黒人の老婆はカードを並べおえると、口をもぐもぐさせ、ものすごい早さでしゃべり始めました。さすがの老婦人も十言のうち一言聞き取るのもやっとというくらいで、結局、運命の星座に何が書かれていたのか、はっきりとはわからずじまいでした。ただ、この時もたくさんの金、長い旅、女の人物、恐ろしい不幸というのだけはわかりました。

それは黒人の老婆が床の上で激しい身振りで演じて見せてくれたからです。その様子は床の上をのそのそと這い回る鉄のゴキブリという以外にはなんともたとえようのないものでした。黒い巫女は悲壮な身振りで床を指し示してから、手足をちぢこめて、死者となりました。

なにはともあれ、これが何かのお告げであったことは確かです。従って、キューバ人がそれを無視したとなると、彼もまた逃れがたい必然性によって行動したのだとはっきり言えます。先ず最初に、彼は病院で死んだある人物の身分証明書を買いました。

エステ・オンブレは何かの名前と身元証明《アイデンティティ》なるものを持たねばなりません。そして今から彼がミスター・ケッテリングになることに文句のあろうはずはありません。ケッテリングという名前は悪くない。ヤンキーかドイツ人か、それとも他の国の人間の名前かもしれんが、商売をやるにしても信用の置けそうな名前だ。ジョージ・ケッテリングならジョージ・ケッテリングで構わん。どこから来たかなんて誰も聞くまい。やつは昨日この島に来たような顔はしとらんからな。彼は秘書（エル・セクレターリオ）と言われています。つまり、具体的なことは何も定義していないということです。主に、手紙を翻訳したり書いたりしています。彼が最初の文章を書いて、自分の字を見たときは、きっと愕然として身をすくめたと思うのです。その文字は記憶の中にうまく像を結ぶことのできない、深く個人にまつわる何かを思い起こさせたかもしれません。多分、それは筆跡の一画一画のなかに込められた彼の失われた「自我」だったかもしれません。そのときから、彼はタイプライターでしか書かなくなりました。そして徐々にキューバ人の商売的利害の広範さと複雑さに楽しまされていったのです。

『楽しまされた』というのはまさに至言です。それというのも扱われているものが、たとえ利子や糖蜜、タバコ園の地代、トリニダードでのセイロン人苦力《クーリー》との集団契約、サン・ドミンゴまたはマルチニク島の土地、バルブーダの砂糖工場、あるいはポル・トー・プランスの代理権などの問題であったにしても、彼にとっては現実の人間、現実の土地、現実の物資、現実の金銭というふうにはとても思えず、現実離れをしているという意味では、ケンタウルス座のアルファー星の土地の抵当権はどうのとか、アルゴル星の畑の収益はどうのとか、牛飼い座だか小熊座だかの星と星をつなぐ狭軌鉄道はどうかというような問題を話し合っているような、多少とも滑稽な感じさえしたのです。

でも、自分の権益や投資や利子をこのような天文学的遠距離からおもしろ半分に誰かさんが見ているということになれば、商売上の見地からもまた人間的見地からも、利害の当事者にしてみればあまりおもしろくもないはずです。そんなわけで、エステ・オンブレことケッテリング氏がなにやら新しい名前を聞く度に驚いたように、またおかしそうに白い歯を見せてニヤリとするのを見て、老カマゲイノが憤然として眉をつり上げたのは一度や二度のことではありません。誰だって自分の財産を絵に描いた餅かなんぞのようにこんな具合に鼻の先であしらわれたのでは、たまったもんじゃありませんからね。ただし、この老海賊に関する限り、ケッテリングに見所のあることをいちはやく見抜いていたのはさすがです。

ミスター・ケッテリングは何を書かせても——例えば、マリエ・ガランテで汗水たらして必死の努力をしている農園主に貸付停止の通告を出すとか、労働者を解雇するとか、誰かを窮地に陥れるとか——瞬きひとつしないのです。かつては、このような問題の処理はキューバ人といえども我慢ならないほど嫌だったので、腹を立てたり、ためらったり、なにか別の悶着が起こるまで先延ばしにしたりしたものです。ところが、今では、そんな思惑などおかまいなしにタイプライターがカチャカチャと陽気な音を立てはじめ、エステ・オンブレはいたずらっぽい目をあげて、『はい、お次』とくるのです。

カマゲイノは以前スペイン人の老書記を使っていましたが、こういった類の手紙を書くという段になると決まって、ああだこうだと文句を付け、そのあげく泣きながら、逃げ出していくのです。そして、酔っ払って戻ってくると、自分の母親を最低の売女とののしりながら、世にも哀れな顔をしてその手紙を書き始めるといった具合でした。今は順調です。嫌になるくらい順調です。ただ、カタカタというるさい音はしますがね。もしかしたら、順調すぎて老キューバ人はかえって心配になったんではないでしょうか。今や、いちいち口述する必要もありません。するとケッテリング氏が返事を書き、農園を赤カビですっかりやられた哀れな男の手紙に肩をすくめて見せるだけでいいのです。ケッテリング氏は良心のかけらもないように見えます。多分、記憶と一緒にどこかへ飛んで行ってしまったんでしょう。

しかし、まさにその記憶ということに関して、別の状況もあったと考えることができないでしょうか。エステ・オンブレことケッテリング氏はすでにご存じのように、記憶というものを一切なくしてしまいました。ところが、その代わりに彼の中には新しい記憶力が生まれ、その能力によって彼はまたまた老カマゲイノの目を見張らせることになったのです。つまり、彼は自分が手掛けた手紙や計算書、それに契約書を一字一句間違いなしに記憶しているのです。その相手には一カ月前にこれこれのことを書き送っているとか、その件に関しては相手当事者の手元にある同意書の覚え書にかくかくしかじかと書いてあるとかです。完全な生き字引です。カマゲイノは永遠に絶やすことのない葉巻を噛みながら、この不可解なケッテリング氏を見つめながら考え込んでいました。カマゲイノは時折、家の奥の金庫から古い契約書や商用の手紙のファイルなどを持ち出してきては『これに目を通しておいてくれんか』と言います。すると、ミスター・ケッテリングはそれを読み、理解するのです。――老キューバ人はこういった新時代の取り引き手段を信頼に足るものとは考えていませんでした。その上、彼の事業の多くがどちらかというと記録にとどめないほうが都合がいいといった類のものだったのです。何人かのものたちは彼と肩を並べうるほど正直な海賊でしたから、彼らとは葉巻を吸って、握手を交わしさえすればそれで十分だったのです。しかし、人間は齢をとり、いつポックリいってしまうかわかりません。そこで、多少のためらいはあったものの、ケッテリング氏を事業に引き入れ、いつ、何が、どうであったかという彼の記憶力に頼ることにしたのです。それは単に商売のことだけではなかったと考えられます。カマゲイの古い風景、家畜の群れる草原、かの良き時代の上流キューバ人の資産家たち、往時のハバナ競馬、宮廷的で優雅な社交界、クリノリン・スタイルのご婦人方――キューバの社交界が世界中で最も貴族的で、最も閉鎖的だったことを知っとるかね？　主人と奴隷はいたが、あんな役立たずのルンペンどもはおらんかった。いにしえのキューバじゃよ、ケッテリング君――そう言って、老人はリューマチの痛さをこらえながら、キューバ紳士がご婦人に対してどんなふうにお辞儀をしたか、するとご婦人のほうは紳士にたいして両手でスカートをつまみ上げて、それはもうほとんど膝もつきそうなくらいに身を低くしてお辞儀を返したことなどを実演してみせた。それに、当時のダンスはシャコンヌかダンソーンだ。――いや、絶対にあんなルンバみたいな騒々しいもんじゃなかった。あんなものは黒人どもしか踊らん。黒いのとか、茶色いのとかのサカリ踊りじゃ。しかし、キューバ人なら、君、そんな恥さらしなことはせんよ。わしらを黒人扱いにしやがったのはヤンキーどもが初めてじゃ。カマゲイノの目に怒りの炎が燃えます。あの混血女どもさえ、もう昔通りじゃない。昔は小さな丸っこい尻をしとったもんだがな！　今じゃ、アメリカ人の血で汚されとる。骨までごつごつしとるし、なあ、セニョール、おまけに大きな口、ただ、叫びまわるだけだ。しかし、よくもまあキーキー言うもんじゃ。それにひきかえ、昔は、クークー、そうじゃ、クークーじゃ、あれの時もな。老人は手をふった。全く、今はあんまりキーキー言いすぎるよ。アメリカ人が持ち込んだんじゃ。以前はもっと黙っとった。もっと威厳があったもんだ。ミスター・ケッテリングは半ば目を閉じて、かすかな、ぼんやりした笑みを浮かべて聞いていた。それは彼の空洞となった内面に、はるか昔の騎士道精神華やかなりし頃の過去が大きな流れとなって流れ込んできているかのようでした」

27

「しかし、別のようにも想像できます。つまり、ミスター・ケッテリングはあまり口数が多くなかった。誰かが彼に気づいて、『やあ、誰それ君。ご機嫌いかが』とかなんとか言って肩を叩きはしないかと恐れて人を避けていたのではないかと。酒を飲むときは、きっと独りで、とことん飲んだに違いありません。彼は有色人種《コロラドス》たちもやって来るダンス・ホールにもぐり込んで、果物の種やタバコの吸殻のまき散らされた床を見つめながら、その時その時の気が向いた言葉で自分自身に話しかけることもあったでしょう。それは、忘却の河《レーテー》の岸辺に打ち上げられた木っ端か何かを長い間かけて解読し、その語句がふと口をついて漏れ出たのかもしれません。しかし、このような言語的記憶を潜在意識の奥底から解き放つために、そんなに泥酔しなければならないのだとしたら、決して完全な解読にはいたらなかったでしょう。半ば眠りながら、彼自身にも理解できない何かをつぶやき、頭をふらつかせていたに過ぎなかったのです。

すると、黒人のドラムやタムタム、鈴やギターの響きに混じって気違いじみた、息も絶え絶えな音楽、突如として沸き上がる大喚声。その中から嬌声を発しながら裸の娘が現われて、汗にひかる胴体をくねらせながら踊ります。トランペットのけたたましい叫び、ヴァイオリンの官能をそそる調べ。ああ、まるで滑らかな背や肩をなでるようだ。しなやかな曲線を描く、今にも壊れそうな背中。いっそのこと、あいつに爪をたててやれ。ミスター・ケッテリングは汗ばんだ手を爪が突き刺さるほど握りしめて頭を振っています。しかし、この黒人たちの音楽の拍子には合っていない。それどころか、今にも床の上に頭から転げ落ちそうだ。それに楽士たちがやけに飛びはねる。

まてまて、おれはまだ目がちらちらするほど飲んじゃいない。ようし、目をつむろう。目を開けたときは、おとなしく座っていてくれよ。言っとくが、音楽は止めないでくれ。ケッテリング氏は目を開ける。黒い楽士たちは飛びはね、白目を剝いている。

金切り声のトランペットを吹きながら立ち上がる。まるで闇の中から湧いて出たようだ。フロアの片隅では花柄衣装の茶色の肌の細身の女がきりきりきりと舞っている。オリーブ色のキューバ人が赤いスカーフを彼女の腰に巻きつけて自分のほうへ引きよせる。腹と腹をくっつけて、激しい引きつったリズムで擦り合わせている。キューバ人は口を開け、混血女は今にも失神しそうになりながら、脚を踏みならし、荒い息をはき、まるで噛みつかんばかりに歯を剝いている。第二の組、第三の組、そこは彼らでいっぱいだ。テーブルの間で回転し、よろめき、吼えるような笑い声、互いにぶつかり合い、ポマードと汗が光っている。このすべてに君臨してトランペットが自分の性的勝利を金切り声で歌い上げる。

「ご覧なさい、ミスター・ケッテリングがテーブルを叩きながら、頭をふらふらさせていますよ。どうしたんだろう、確かに覚えがある。これは何なんだろう？　確かに、おれは以前、全くこれとおんなじに酔っ払ったことがある。そうとも、全く今とおんなじに。だけど、どうしてその後がすっ飛んだんだ？　彼は記憶から消え去った何かの情景を捕まえようと空しい努力をしています。混血娘が歯と目を光らせ、口にはハイビスカスの花をくわえて、腰をゆすっています。そうかい、わかったよ。おれだっておまえと一緒に行きたいよ。だがなあ、娘さん、考えてもみてくれよ、おれは思い出すことができないんだ。

若い男が一人ケッテリング氏のほうにかがみこんで、何かしつこく言っています。ケッテリング氏は驚いて目を上げました。

『何の用だ？』

細い首をした若者は顔をしかめ、親しげにささやきます。旦那、かわいい娘のところへご案内しますぜ。美人で、小麦色の肌でさあ――と、圧し殺した声でささやき、舌を鳴らしました。突然、ケッテリング氏に何かが起こりました。いきなり立ち上がると、若者の顔に一発食らわせたのです。若者はふっ飛び、踊り手たちの真ん中にあおむけに倒れました。ミスター・ケッテリングは吼《ほ》え、げんこつで自分の額を叩きました。今だ、今こそ思い出すぞ――でも、思い出しませんでした。それがもとで恐ろしい大乱闘が始まり、やがて収まると、今度は、踊り場じゅうで暴れまわっていたアメリカ人や、それに娘たちや楽士たちも加えてもっとひどい酒盛りとなったのです。あげくのはてには占領した領地に座り込み、キューバ人は混血人や黒人の同類だと気焔を上げ、この花の豊富な国キューバのダンスホールを一層美しく飾り立てている造花のバラの花輪に埋まって酔いつぶれてしまったのです。

当時のアメリカ人に対するキューバ民族主義者たちの抵抗運動《デモンストレーション》はこんなところから起こってきたとも言えそうです。キューバの学生たちは自らこの運動に身を挺し、青と白の縞の旗を振りながら、合衆国にたいする炎のような抵抗の演説をぶったのです。

『本当は、すべてお役所がきちんとせにゃいかんのだがな』

老カマゲイノは苛々して葉巻の煙の中で唸っていました。それというのも、ひとつには若い連中にしても、この気候の中では何か発散するものが必要だということは承知していたからです。勿論、それはミスター・ケッテリングにもキューバの青年の熱くなった頭にも当てはまることです。またひとつには、老カマゲイノとしてもアメリカ人を憎んでいることに変わりなく、キューバはキューバ人のものという信念に心底傾倒していたのです。実業家としては秩序を求め、カマゲイノ商人としては外国人との決済を重んじていました。

老人はエステ・オンブレことケッテリング氏を失いたくなかったのでしょう。だから、いちばん恐れたのは、役所での認定の際にケッテリング氏の身分証明書が調べられるかもしれないということでした。だって、頭に三発食らった例の被害者に警察が再度興味を示すことはないとは誰にも言い切れませんからね。この犠牲者は北アメリカから来た身元不明の無法者の台帳に記入されているはずです。(というのも、この土地の人間なら、ご存じの通り、いざこざの決着はナイフでつけるのが仕来りですからね。ただし、このことはニュー・メキシコの生活を経験した農夫連中には当てはまりません)。

やれやれ、なんてくそったれの、臆病の、出来そこないどもだ！　以前、キューバでこんなことが起こったことがあるか？　誰もが自分の名誉は自分で守り、お上の手を煩わす者などいなかった。言い合いもなけりゃ、取っ組みあいもない。だって、刺し殺されるのは誰だって嫌だからな。だから、昔のキューバにはまさに素晴らしい正義があったのだ！　財産についても、権利についても、貸借契約についても、相続契約についても、しかるべく正義が守られた。だが、酔っ払いの喧嘩は別だ。

老人は毛むじゃらの眉を曇らせ、苦虫を噛みつぶしたような顔をして、茶色の唾を吐きちらしていました。一方、腫れぼったい顔をした、くしゃくしゃの頭のミスター・ケッテリングはカタカタとタイプライターを叩いています。『ハイチのオランダ人は砂糖工場建設の貸付金の増額を要求してきているが――』

ミスター・ケッテリングは真っ赤に充血した目を上げました。『前回の手紙では職人たちが圧搾機の組み立てを完了しつつあると書いていましたが、今回の手紙では、目下のところ屋根のついた圧搾場はないと書いています』

キューバ人は葉巻に噛みつきました。『目下のところ、他には心配はないのかどうかだな』

『誰かがこの現場を見てくる必要がありますね』

ミスター・ケッテリングはぼそぼそとつぶやき、再び、タイプライターをカタカタ鳴らせ始めました。

老キューバ人はくすくすと笑い出しました。『そいつはいい考えだ、ケッテリング！　君が行ってみてはどうかね？』

エステ・オンブレは肩をすくめました。どうやら、興味はなさそうです。しかし、キューバ人は葉巻の煙幕を張りめぐらせ、体をゆすらせて笑いながら考えていました。

『こいつはいい。君、ハイチへ行ってくれんか。その間に、こっちのほうもほとぼりが冷めるじゃろう。あっちの、わしらの事業も誰かが見とく必要がある。ポル・トー・プランスには代理人がおるが、扱っとるのはゴナイベスとサマナーの事業だ――しかし、そんなことはあんたも知っとることだ』

老カマゲイノはすごくおもしろがっていた。エステ・オンブレがハイチで何をやらかすか見たいもんだ。あれはキューバじゃないってことが、やつにわかるかな？　多分、向こうに行ったら黒人女にとことん精力を吸い取られるか、そうでなきゃ、ラム酒づけになっとるじゃろう。あっちじゃ、人間が阿呆になって、もう盗みもせんほどじゃ。確かに、少しは気の利いた人間が向こうにも必要だな、あそこで金もうけしようと思うなら——キューバ人は真面目な顔をしました。

ハイチか。あれはキューバじゃない。あそこはアメリカの盗人どももまだ手をつけちゃおらん。あそこじゃ誰も長続きはせん。いや、あの生活に我慢できるやつがおらんのだ、黒人は別としてだが。それにしても、売ったり買ったりくらいはあそこでだってできようってもんだ——この人物は余計な良心なんてもんは持っとらん。ひょっとしたら、あそこで我慢するかもしれん。人間ちゅうもんは良心さえなけりゃ、いろんなことに我慢できるからな。

『行ってみたいな』ミスター・ケッテリングの口から気の抜けた声が漏れました。

カマゲイノは元気づき、なにか梨のような果物に塩をまぶしながら大きな口で、向こうからどんな情報が欲しいのかを説明しはじめました。飲みたまえ、ケッテリング君、君の健康を祝して。それから、いいかな、君、女には気をつけること。やつらときたら、金髪には全く目がないからな。わしは砂糖黍に向いた土地を探しとるんじゃ。わしは砂糖に賭けとるんじゃよ、ケッテリング君。あと十年は砂糖黍の砂糖に賭けるぞ。では、元気でな！ それから魔法使いには気をつけることだな。あの豚どもときたらクリスチャンどころの騒ぎじゃない。そうだ、ゴナイベスには倉庫が必要になるだろう。わしは君をわが息子として送り出すんじゃ。くれぐれも言っとくが、あのオウビと称する魔法使いには決して近寄らんようにな。それとだ、役人には摑ませとくことだ。そうしたら面倒なことにはならん。老キューバ人はくわえた葉巻からなにやら悪知恵を吸い込んでいた。混血女よりは黒人女のほうがまだましじゃぞ、君。黒いのはせいぜいのとこ畜生だが、混血ときたらありゃ悪魔だ。そうとも、悪魔だ。ポル・トー・プランスの代理人には気を許すな。寄生虫用の膏薬は忘れずに持っておけよ、ケッテリング。それとだ、どんな女と、何を、どうしたかも知らせてくれたまえ。

28

「熱帯植物に関して自分なりのイメージを持つために私が植物研究所の温室を訪れたのは当然です。その気になれば今でも、そのときに見たいろいろな植物を詳細に描写することができますよ。例えば、クロトンは赤と黄の縞の、誰もが毒があると思いそうなくらい美しい葉をつけています。アカリファの葉は鉛丹のような真紅の赤です。アントゥリウムのビロードの葉は腐ったような甘酸っぱい臭気を発散する水槽のどす黒い水の上に垂れています。黒胡椒の群生。ブロメリーの堅い蕚《がく》。その中から信じられないようなピンクやこの世のものとも思えぬ青色の花穂が咲き出ています。パンダヌスは根を爪先き立ちにして立ち、鋸の歯のような鋭い葉を見せています。椰子のことは言わずもがなです。こういった植物に通暁するには、巨人国から帰ってきた当初のガリバーのように頭を後ろに反り返らせていない限り、普通の人にはとても無理です。しかし、私が熱帯地方をどのように想像しているかを正確にお伝えしようとするなら、これらの知識はすべて脇へ退けておいて、ランボオもどきに、地理学的には多少あやしげなところはありますが、私流の報告に徹したほうがよさそうな気がします。

『いいかい、君。ぼくはね、フロリダでとても信じられないような光景に出くわしたんだぜ。咲き乱れる花の中に豹《ひょう》の目が光っていたり、手綱のようにピンと張った虹と人間の皮膚の色が入り交じっているんだ。それに、ぼくが見た沼はだね、ぶつぶつと醗酵していて、南京虫に食いたかられた巨大な蛇がねじくれた木の間から、黒い悪臭を放って這い出してくるのだ。こんな素晴らしい土地を子供たちに見せてやりたいな……』と、まあ、こういった具合です。

しかし、この湿ったジャングルは白熱の太陽光の大鉈《おおなた》で切り開き、下生えは焼き払い、その火の粉ははだしの足の裏で踏んづけて、バタタ芋かコーヒーを植え、藁ぶきの小屋を建てる必要があります。この素晴らしい土地を子供たちに見せるのはその後のほうがよさそうです。ここには花と香り、人間の肌の色と商品の仲買人、巨大な蛇、輸出と労働者、蝶々の青い光沢と穀物生産に関する国際会議などが入り乱れています。なんとまあ途方もない、雑多なもののひしめき合いでしょう。また、なんと未開のジャングルでしょう。

私がさまよっているのは、『大自然よ、わたしを抱き、ジャスミンの紫の花と香りで埋めてくれ』なんて具合に、椰子の木陰でのんびりできるようなそんな楽園では決してありません。残念ながら、私にとって問題はそんなに単純なことではないのです。私はこの土地で、太陽と好景気と人種と商売とから、また未開社会と信用取り引きと、むきだしの本能と文明から、どんな得体の知れない強烈なソースが出来上がるのか、とっくりと見たいのです。こんな大釜をさじでかき回すのは悪魔だって嫌なんじゃありませんかね。黒人たちの信奉する緑蛇と私たちが信奉する経済原理とどっちが野蛮なのか確めてみたいものです。ただ私にわかるのは、この二種類のものがごっちゃになった原始林のほうが、大とかげが卵を産みつけるトクサの茂みよりははるかに想像をかき立てるということです。甘芋の茎の陰で土をほじくる黒人の子供が市場で売られるか、あるいは怒り狂った最高権力者の大蛇をなだめるために首を噛み切られるかどうかは問題です。ソファーにとぐろを巻いた緑蛇がどんなふうに電話に向かってほほえみかけ、どんなふうに取り引きの要件を処理しているか、その様子を見てみましょう。

『なに、アムステルダムの証券取引所は弱含みだと？　よし、じゃ、リーワード諸島の農園の件は取り止めだ』緑蛇は怒り、世界中の海をしっぽでかき回します。

そこで私はこの熱帯ソースがどんな材料から出来ているかをとくと嗅ぎわけるために、統計資料を調べに出かけました。アンチル諸島に関する限り、予想通りの数字がすべてにわたってそろっています。まずキューバですが、ここには白人三分の二に対し、有色人は三分の一しかいません（これは奴隷制度の国の伝統にもとっていること意味します。正しい割合は有色人二に対して白人一です）。最後のハイチ共和国では大声で叫び、大声で笑う黒人たちに混じって一握りの白人が熱帯的絶望感の中で苦しみ喘いでいます。このソースの味をもっとよくするためには、この中にシリア人の高利貸し、中国人、それにインド、ジャワ、あるいは太平洋の島々から輸入された労働者を加えればいいのです。国内の労働力よりは輸入された苦力《クーリー》のほうが支配するのに楽だというのは素晴らしい発想ではありませんか。でも、緑蛇がヨーロッパを植民地化したらどうなるかわかりませんよ。労働者は国から国へと運搬されるでしょう。彼らは以前よりも柔順になり、仕事のこと以外には女と寝ることしか考えなくなるでしょう。

それに、この熱いソースは国家という塩で十分塩を利かせられるのです。植民地政策を推し進める列強は、どの国も、白色人種の使命をものものしく誇示するために選りすぐりの模範生を送り込んできます。世界の至る所へ行き、あらゆる民族に国家とは何か、商売とは何かを教えてやれ。われわれが足を踏み入れたところは、いかなる場所といえども事務所を設けて、通商代表部を置くのだ。あのみじめったらしい野蛮人どもに文明の恩恵を示してやるときは、この派遣を島流しと感じ、同胞のもとへ帰れる日を指折り数え、銭勘定に明け暮れる人間、いらだち、意気消沈した人間の姿で示してやれ。だが、国家の威信と繁栄は諸君の双肩にかかっているのだから、望郷の念と怠け癖から飲みすぎたりしないで、昇進の問題やら陰口やら汗に濡れたシャツを着替えるやらして暇つぶしをしながら、もうちょっと我慢しろよと、よく言い聞かせんといかん。

ここなるカマゲイノは少なくとも、君よりは高い次元の利益を代表しているのだぞ、なんて嘘はつきませんでした。彼は正直な海賊でしたから、私たちもある種の愛着の念をもって彼のもとにとどまっているのです。

そんなわけで、私たちはこの熱い釜の中を十分かき混ぜました。イギリス、フランス、オランダの総督、将軍、通商代表、商人。南米育ちのスペイン系の美女《クレオール》それに古い移住者たち。これらの者たちはいわば植民地の貴族階級のようなものです。これに続いて、こげ茶色から、紅茶色、薄いコーヒー色、最後に癩病やみの真白な肌色にいたるまで人種の階段を陽気に駆け下りることができます。私たちの衣装部屋にはキューバ人のソンレロや混血男のオレンジ色の靴やヨルブ族のきらきら光る裸体、ガデループ娘のけばけばしい色のマドラス・ターバンがそろうでしょう。そして、そのすべては世界中のいたるところから持ち込まれ、混ぜ合わされ、詰め込まれたものなのです。素晴らしいガラクタの山、その中をひっかき回せばいろんなものが見つかります。ここではスペイン、アフリカ、イギリス、フランスなどの伝統が時代遅れの純血性を示しているかと思えば、あちらでは悪趣味な雑婚性を示しているのです。この地域の原産物は雑草と疫病とを勘定に入れないとすれば、ハチドリと大ガマと原始林とタバコだけだと言えます。それ以外のものは人種混淆の掃き溜めに生え出したものなのです。

つまり、これが私の憧れの島々であり、私はその島々をこのように想像するのです。言うまでもなく、私は虹色の蝶の狩人でもなければ、裸身に花をまとい太陽に祈願するために未開の大自然への没入を企てる夢想家でもありません。そんなつもりは毛頭もありません。もし、それを逃避と言うならば、それは問題の核心へ向かっての逃避です。そこではすべてのものがせめぎ合い、文化の倒錯的な混淆の中で異世代同士が野合しあっているのです。ここでは依然として乱交や暴行がまかり通り、女の獲得も邪淫のごときものとして正式の結婚もなしに暴力的に行なわれています。それはさておき、かくして人類はその人間的可能性と非人間的可能性との間の驚くべき大きな振幅の中で揺れながら私たちの前に現われるのです」

29

「ハイチの砂糖工場を私は仮に地図の上でレ・ドゥ・マリと呼ばれている黒人の村の近くに想定しています。そこには造りかけの壁がいくらか残っているだけで、機械は全くありません。また三百エーカーの干割れした黄色い土地には密林性の雑草と、刈りっぱなしの砂糖黍の切り株から生え出した四番目の芽が伸び放題のまま、ほったらかしになっています。ということは、この五年間というもの、糖汁も砂糖も生産していないということです。オランダ人は賢明にも、とっくの昔に逃げ出していました。そこでミスター・ケッテリングはムカデを退治させると、彼の住みかとなる廃屋へ引っ越してきました。彼は大体のところ満足していました。背後には原始林がひかえ、クルミやカクリーンの他に悪魔を思わせる樹木が茂り、得体も知れぬ鳥がさえずっています。そして夜。夜になるとその茂みから蛍の大群が舞い出し、かさかさと乾いた葉ずれの音を立てる砂糖黍の上をこうもりがジグザグに飛び交います。村のほうからは新しいご主人の到着を歓迎して、黒人たちが太鼓を叩いて踊り狂うざわめきの音が聞こえてきます。

ミスター・ケッテリングはふーっと大きな息を漏らしました。全くなあ、ここじゃ名前を持ってたって仕様がないや。それに記憶だって、そんなものが何の役に立つって言うんだ。この人物はそうつぶやくと熱さのせいか、眠気のせいか目を細めました。彼は記憶の小径に分け入って、時間のなかをさまよう気になどなれなかったのです。おまえはここにいる。それで十分。それはいつ果てるとも知れず、ぶんぶんと鳴り続ける現在でした。——彼はカマゲイノに、ここがどんな状態かを知らせる手紙を書くべきなのですが、怠けていました。小屋の周囲には昼顔に似たつる草やハイビスカス、カサバ、マハホ・バナナが茂り、茎には毛虫が這い、ばかでかい葉の上では蟻がさも何か任務を帯びているのだといわんばかりに、上に下にと駆け回っています。しばらくの間、建てかけの工場の壁の上を這い回るトカゲの様子がこの人物の興味を引いていました。やがてトカゲは不意に動きをとめ、釘づけになったように張り付いてしまいました。手を伸ばせば石がある——やつは一瞬のうちに逃げるな。だが、今に見ろ、きさまをぶっ殺してやる。

ミスター・ケッテリングは壁の陰に姿を隠していた黒人を指で合図して呼びました。彼はこの辺りの村の村長で、労働力の供給者でもあり、監督でもあり、全くのところ偉いもの全般だったのです。これで何が順調だ、とケッテリング氏が言います。この悪党の、ひき蛙どもめ、さっさと工場の壁をぶっ建てろ！　三十人連れてこい。わかったか、コンプリ？　さもなきゃ、鉛の弾ぶち込むぞ。このぐうたら野郎め！　そんなわけで、今、二ダースほどの黒人が建設現場に群がって、なんとなく仕事をしているような様子を見せています。トカゲどもを退治しなければいかんな。ミスター・ケッテリングは燃えるような熱暑に向かって目を細めています。少なくとも何かが出来ている。少なくとも何かが出来ているように彼の目には見える。少なくともトカゲが身動きもできないかのようにへばり付いているこの未完成のいまいましい壁だけは目にしなくてもすむ。何かが起こり、一日が過ぎ、一週間が過ぎ、一カ月が過ぎる。そして夜。そう、夜には椰子酒と眠りがある。夜には星がある。それだけで、夜はなんとか切り抜けられる。

もう屋根にかかっています。このくそいまいましい家をいったい何のために建てたのかそろそろ考えなくちゃいかんな。この建物のそばでは村じゅうが集まって語り合っています。ばあさんたちや豚たちや、裸の子供たちにめんどりたちがみんな。少なくとも何かが起こっている。しかし砂糖工場ではない。機械が無いんだから。早く、ぐうたらども、早くしろ。あそこの壁の角の所にまたトカゲが張り付いているぞ! やつは自分でもどうしたらいいのかわからんのだ。とりあえず、乾燥場ならいいかもしれん。乾燥場ならいつでも何かに使える。

時々、若い農園主の隣人がロバに乗って訪ねてきました。名前をピエールといい、ノルマンディーの百姓の息子で、故郷で結婚するためにここで金を貯めるつもりだったのです。彼は体じゅうの腫れ物と熱病のためにすっかり痩せ衰えて、身動きするのもやっとの有様でした。彼の命もそう長くはないでしょう。あんた方、イギリス人は(彼はミスター・ケッテリングをイギリス人と思い込んでいるのです)、あんた方は人をこき使うことができるんやね。彼はそう言って愚痴をこぼしました。でもなあ、倹約に慣れた人間にはどうしてもそれができん。いやあ、倹約する人間はご主人さまにもなれんのや。いいかね、わしが自分の手で仕事をしているのをあの黒人どもが見たら――そしたら、もう、連中とはうまくやっていけねえ。やつらに何か命令でもしてみろ。面と向かって笑いやがる。で、なにかにつけて嫌がらせをする――怠け者だし、ひどいもんや！　彼は憎悪と嫌悪感で身震いしました。今年はやつらのおかげで、七エーカーのコーヒーの若苗を駄目にしちまった。わし独りで草むしりできるはずないもんね。彼は怒りのあまり、今にも泣き出さんばかりでした。で、ポル・トー・プランスの白い靴を履いた旦那方のところへ行ったんや。通商代表と言われとる旦那方や。わしは言ったよ、わしはコーヒーを持ってます。それにジンジャーもあります。ナツメグも出せますと――そしたら、何も要らんと。そんなら、なあ、ケッテリングさん、何のためにあそこに座っとるんやろう？　まさか蝿を捕るためやなかろう？　あの人たちはあすこに居とうないようやね。しばらくして、ようやく言うんや、一体、何の用やって。これこれの額なら出せますがねえと――ばかばかしい値段や。それも、フランス人たちまでが同じなんやぞ、ケッテリングさん。こんなところで生活するのがどんなもんか、やつらにゃわかりゃせん。

ピエールはやっとの思いであとの言葉を飲み込んだので、のど仏が上がったり下がったりしていました。その一方で、赤ダニにでも食われたのでしょうか、体じゅうをぼりぼり掻いています。確かに、ありゃ地獄だ、とこぼしました。あの混血どもときたら――自分たちのことをわしらと同じだと思っていやがる。あたしの父はアメリカ人の商人だったとか、あたしゃ絶対黒人じゃないとか、あんなふうにのらくらしてるやつに限ってそんなこと吹聴しやがる。で、まともな人間は苦労するのよ――わしはル・アーブルに花嫁が待っとるんよ。気立てが良くてな、商店のタイピストをしている。ねえ、旦那、ここの全部をせめて二三千フランで売れんもんかね――ピエールは両手で頭を抱えて、昔、故郷にいる頃のことを思い出していましたが、ミスター・ケッテリングがお返しに自分の思い出を全く語ろうとしないことなど気にも止めませんでした。

懐旧の念とは全く自分勝手なものです。彼は汗と疲れには参るとこぼし、カシューナッツのような木の実を食べると疲れが取れ、頭もすっきりすると勧められて以来、哀れなピエールはポケットにカシューナッツをいっぱい詰めて持ち歩き、絶えず口をもぐもぐさせていました。彼はこれが強壮剤として特に効能のあることまでは知らなかったのです。その結果、花嫁に対する燃えたぎる熱い思いで精力を蒸発させ、とうとう干からびてしまったのです。

そのくせ彼は、黒人女は病気を持っていると恐れていました。しかも、黒人を憎んでいましたから、彼らを醜悪なものと決め込んでいたのです。そのことが彼に七エーカーのコーヒー畑を無駄にさせたとは言えませんかね。言ってください、ケッテリングさん。ピエールが熱に浮かされたようにつぶやきました。言ってください、あんたはあいつらと寝られますか？ わしにはできんなあ。

ある時、十日間ほど姿を見せなかったので、ミスター・ケッテリングは彼を訪ねていきました。ピエールは肺炎でふせっており、ミスター・ケッテリングさえ見わけられなくなっていました。あたしのいい人よ。彼の小屋にいた、体じゅうかさぶただらけの醜い黒人女が誇らしげに言いました。あたし、この人の奥さん、どうお？ 昨晩からよ。そう言うと、垂れさがった空っぽの乳房が音を立ててぶつかり合うまで笑いこけ、自分で自分の脇腹をピチャピチャとたたきました。ピエールが死んだのは、それから数日後のことでした。

変なもんですね。世間というのは誰かが死ぬと、その人間にたいして興味を持ち始めるんですね。二日ほど経って町のほう、つまりポル・トー・プランスから二人の紳士がやってきました。ピエールが残した農園がどうなるかということらしいのです。ミスター・ケッテリングのところにも訪ねてきました。

彼らはケッテリング氏の家に上がり込み、股ずれの個所に椰子油とシマルバ・バルサン膏を塗りながら、このクソいまいましい地域全体を罵っていました。あの黒人のうじ虫どもが南京虫みたいに怠け者でなけりゃ、ここでもひと儲けできるんですがなあ。どうです、ここの人手のほうは？　やあ、あれは、ケッテリングさん、何か建てようとでも？　砂糖工場かなんかですな。ミスター・ケッテリングは馬鹿にしたように手を振りました。砂糖工場だって、ここに？　乾燥しすぎてまさあね、旦那方。ここで、ちょっとした綿栽培でもしようかとね、ま、そんなとこで。ご覧なさい、もってこいの綿花の乾燥場でしょうが。

両紳士はしばしの間、膏薬を擦り込むのと、汗をかいた太ももに止まった蚊を叩きつぶす手を止めました。なあるほど、綿花の乾燥所ですかい。わたしらはちょうど綿花に興味をお持ちの方を探しとったんですよ。ニュー・オリンズの農園主なんですが、今じゃ、もう、向こうは労賃が高うなり過ぎましてね。あのいまいましい黒人どもでさえ、向こうじゃ労働組合を持っているんですわ。信じられますかい？で、耕地はどのくらいで？　ミスター・ケッテリングは耕作済みの畑が三百エーカーあると説明しました。まあ、あるとは言っても、その大部分はジャングルだったのですがね。でも、そんなことは構やしません。どっちみち、そんなもの誰も見にきたりはしないのですから。それに、もともと彼はアメリカの農園主の話なんて信じてはいなかったのです。誰が綿花に興味をもとうが、綿花がどうしようが、それがどうしたというんです？　ハイチ綿業協会が設立され、株式が売り出されるでしょう。綿なんてクソ食らえだ。商売するのに綿なんて全く不要です。乾燥場と一握りの土地があればいい。そうすれば、印刷されたばかりの真新しい株券を市場に売り出すことができますし、それを通して、経済界でも政界でもしかるべき名声を馳せることができるでしょう。株券の上部には新築の乾燥場を背景にして、それを遠望する幸せそうな黒人たちの人物像を配するといいでしょう。哀れなピエール、彼のコーヒー園は今では雑草が伸び放題です。

　本当なら、私はもっと別のことが書きたいのです。例えば、夾竹桃《フランジパニ》の花やざくろの花、あるいは蝶々の羽の素晴らしさなど。一体、私はどうしてこんな黄色い土煉瓦のばかばかしい壁に取り囲まれているんです？　私が辿り着いたこんな所が私の憧れの熱帯地方だなんて！　私が願っていたのは、わが家の庭に下り立ち、つりがね草の花を眺め、灌木の茂みの朝の冷気に触れて心の安らぎを得ることだったのに。ところが案に相違して、私ときたら真昼の熱暑の中で目を細めて乾燥場の黄色い壁を見つめている。しかも、その壁はバナナの皮やら糞尿や、腐った野菜の屑やらで取り囲まれているのです。でも、私は深い満足感を否定できません。だって、私たちはやっとのことでこんな遠い所まで辿り着いたんですからね。頬杖ついて、のんびりしてるわけにもいかないのです。事態はこんな具合になりました。そして、これが現実です。この太陽に焼かれた長くて汚らしい黄色い壁。そして、幸運にも、私たちは世界のもう一方の果てまで逃げ出してきたのです。

　そんなわけですから、ミスター・ケッテリングはここにいさせておきましょう。彼は小屋の前に腰をすえ、酸っぱいあんずの実をかじりながら、乾燥場の壁に身動きもせずに張り付いているトカゲを、憂鬱な顔をして眺めていました。ポル・トー・プランスから大きな図体の黒人が手紙を頭の上に乗せて運んできました。老カマゲイノが書いたものです。親愛なるわが友よ、云々。要約すれば、レ・ドゥ・マリの三百六十エーカーの綿農園を設備の整った洗浄場や乾燥場もろとも売ってしまったということに至極ご満悦だったのです。キューバ人の手紙にはこうもあります。ある重要案件がまだ未解決である。つまり、この案件はまだ未討議であると、某政治勢力が役所に圧力をかけている。従って、セニョール・ケッテリングはしばしの間、ゴナイベスあたりを見物するのは如何かな？　というわけです。

ケッテリングにしてみればどうでもいいことでした。屋根を途中でうっちゃらかしにして、しばらくゴナイベスを見物する。ゴナイベスから、まあ、サン・ドミンゴにしておきますか。その後は、例えば、プエルトリコ。後はもう矢継ぎ早に島から島へと、現実とは思えないほどのいろんな場所を訪ね歩くのです」

30

「私があなたにお話ししているのは、患者X氏の物語の、ほんの粗筋に過ぎません。それどころか、粗筋でさえないのです。私には患者X氏の身辺に起こった事件を年を追って系統的に語るなんてとてもできません。もともと彼の人生は事件によって構成されたものではないのです。事件には意思、ないしは、少なくとも無関心ではないという、つまり何かが必要です。ところが、患者X氏は記憶を失っていたのですから、きっと人間を動かす元となる関心さえもほとんど失っていたに違いありません。

私たちの記憶がいかに活動的な能力であるか、あなたには思いも及ばないでしょう。私たちは世界をこれまでの経験の目で見ます。目の前にある物に対して古い友人でもあるかのように挨拶します。それは、私たちの関心が、かつて私たちの関心を惹きつけたものをずっと引きずっているからです。私たちを取り巻いているものすべてに対する私たちの関係は、その大部分が、記憶という目に見えない、細い糸で結ばれているようなものなのです。記憶のない人間は諸々の関係をなくした人間と言えるでしょう。彼を取り巻くものは未知のもの、それに騒音。騒音は彼の耳には達するが、なんの応答ももたらしません。

それにもかかわらず、私たちはケッテリング氏が、まるで何かを探してでもいるかのように、転々と場所を変えながらさまよっている様子を想像しています。しかし、念のために言っておきましょう。彼はもともと何に対しても関心というものがないのですから、自分から何かを始めるということはないはずです。もし、彼が独りで放って置かれたら、多分、レ・ドゥ・マリのまたもやひび割れの入った例の壁の前に座ったまま、大トカゲが逃げたり張り付いたりするのをいつまでも見続けていたでしょう。ただ、彼はキューバ人の商売上の利害を自分のものと考えていましたから、その利害によって動かされているのです。座ろうと思えば、至る所になにかしら階段か木の切り株があります。背中に汗の玉の流れる道筋を感じ、椰子の葉やレベック豆の莢《さや》の乾いたそよぎの音を聞きながら、怠惰な人々がのろのろと働いているのを見てのんびり楽しんでいます。それは万華鏡《カレイドスコープ》を覗いているようです。そこで、みんなをもっと速く動かそうとして万華鏡の筒を回します。その調子、その調子、貴様ら黒人ども、もっと速く動き回って何かしろ。おれの目がチラチラするまで飛びはねろ。ココナッツを船に積み込め。篭は頭に乗せて、ピメント・ラムの樽は転がして運べ。もっと速く、さもなきゃ、貴様らのケツの穴に胡椒をたっぷり詰め込むぞ。港の水面には油と汚水が虹の縞、虹の輪を描いています。なんと美しい腐敗。なんと光り輝く動物の死骸！　さあ、黒豚ども。押し合いへし合いもっとしろ。黍が大きく波打って、さわさわ鳴って畑が揺らぎ、赤茶けた黍の葉陰に黒光りする裸体がチラチラと見え隠れするまで、砂糖黍畑をはい回れ。

その一方で不思議なことが起こりました。彼は何をするにも、苦労なんてものをしたことがありません。ただ自分の怠惰とものぐささを紛わすためにしただけなのに、いわゆる事業の世界では大成功と言われるものが、本当に彼に付いて回ったのです。人々も彼の無関心な目を恐れましたし、彼の命令は決定済みのもの、反論の余地のないものでした。カマゲイノに宛てた彼の報告書は、商売における信頼関係のお手本とでも言うべきものでした。彼は命令するために生まれてきたというような態度で命令しましたし、腹の底ではどんなに怒っていようとも、従わざるをえないような仕方で人をこき使ったのです。もし彼がこの支配権を楽しみ、自分の権力と優越感に安住しているというのであったら、問題は、多分、それほど難しいものではなかったでしょう。ところが、何ごとにも興味を示さず、何ごとにもすぐに肩をすくめる彼ではありましたが、実は、その彼の幅の広い肩の上には恐怖と憎しみが重くのしかかっているのです。貴様らがてめえの臍をつねろうが、引っぱろうがおれの知ったことか――とはいうものの、彼の心の奥の奥では、かすかなうずきにも似た恐れ、永遠に止むことのないおののきが彼を怯えさせていたのです。

ひょっとしたら、おれだって重い荷物を担いだり、はしけの櫓《ろ》を漕いだり、あるいは背中をごしごし掻きながら、木陰で汚らしいケーキを食っていたかもしれないな。それとも、汗をかきかき書類の束を手にして駆け回っている倉庫番か、今みたいに白い半ズボンにパナマ帽という装いで、カマゲイノではない別のキューバ人のために、みんながくたくたになるまで働くように見張っていたのかな。こんなものはみんな視点が遠すぎて、いずれも真実味がありません。望遠鏡を逆さにして覗いているようなものです――あまりにも遠すぎますよ。だって沖仲仕も事務員も倉庫番も、金網の向こうでテニスに興じている白い靴の紳士方も、みんなが汗水たらして働いているように見えるっていうのはおかしな話じゃありませんか。

それとも、こういうのはどうです。彼のところにはいろんな紳士方が訪ねてきます。カマゲイノに関係のあるブローカーや代理人、抵当の問題で四苦八苦している農園主、砂糖工場の工場長、小柄だが騒々しい地主などです。ハロー、ミスター・ケッテリング。あなたをわが家へご招待できれば光栄だと家内が申しておるんですがね。ミスター・ケッテリング、カクテルなど一杯、お付き合い願えると有難いんですがね――数分後にはケッテリング氏の無関心な目を前にして、みなの話がしどろもどろになり始めます。やれ不作だ、やれ売れ行きがわるい、やれ悪党の混血ども等々です。ミスター・ケッテリングは最後まで言わせません。そんな話は飽き飽きです。これこれのことをやりたまえ。君は営業記録を提出したまえ、私が自分で目を通すから。これらの連中は彼の前ではおどおどし、ペコペコしながら汗をかいているものの、キューバ人の名を笠に着て有無を言わさず自分たちを窮地に追い込むこのご主人さまを心底から憎んでいるのです。それと同時に、ミスター・ケッテリングは自分の中の奇妙な、不安にならずにはいられないある可能性を問い質し続けていたのです。もしかしたら、これはかつてのおれの本当の姿だったのではないだろうか。多分、おれは鞭を手にした奴隷商人、農園主かなんかだったのかもしれない。大きな資産を、従って、また大勢の人々をも支配する人間だったのだ。もし、おれの中にその可能性がなかったら、どうしてこんなふうに彼らに命令できるんだ? もしおれがこいつを他人に試したら、きっと、おれにもそのことがはっきりするだろう。もし誰かに傷を負わせたら、いつか不意におれも痛みを感じるかもしれない。そしたら、それがかつてのおれだったってことが、おれにもいっぺんにわかるんはずだ。

表面上の事件を度外視すれば、彼の人生は二本の線の上を進んでいます。倦怠と陶酔です。それ以上には何もなく、それ以外にも何もありません。ただ倦怠は陶酔へ、陶酔は倦怠へと移行するのみです。倦怠は最も恐ろしい、最も忌わしい味気なさです。倦怠は吐き気を催しそうなもの、単調なもの、見捨てられたもの、絶望的なもの、これらすべてのものに寄生して、結構、満足しているのです。そして、どんな悪臭や汚濁からも逃げ出したりはいたしません。倦怠は、南京虫の通った道筋だろうが、腐敗物の滴りだろうが、天井を這い回るひび割れだろうが、あるいは、人生の空しさだろうが、やりきれなさだろうが、何にでも付きまといます。

次に陶酔ですが、陶酔は、たとえそれがラム酒によるものであれ、倦怠によるものであれ、歓喜からのものであれ、暑さからのものであれ、何もかもごっちゃにしてしまえばいいのです。その後は、正気を失わせて、狂乱のなすがままにさせておけばいい。おれたちががつがつ食うために、すべての汁を絞り出すために、すべてを一つにかき集めろ。一度に口に押し込んでしまえ。一緒に摑んで握りしめろだ。顎を伝って汁が垂れようと構っちゃいない。乳房、果実、ひんやりとする木陰、燃える太陽。すべてに限界がないときは、われわれにだって限界はない。動くものすべてはわれわれの中にもある。われわれの中の椰子や胴体の揺れ動き。われわれの中の太陽のきらめき、流れる水の永遠の涙。道を開けろ。この人物のための場所を取れ。この人物はその中にすべてを飲み込むほど大きく、しかも酔っ払っているのだ。彼の中には星たちも、木々のざわめきも、夜のとばりさえもある。陶酔だか、倦怠だかで描き出す風景とはどんなものだろう。その風景は、なにものも生かさぬ乾燥かすべてを腐らす湿気か、それとも、蠅、臭気、汚物の滴りや腐敗が執拗にまつわり付く風景か。それとも、太陽とサカリと香りと激しい情欲と、びっしりと咲き乱れる花と水とめまいが重なってぐるぐる回る風景か。

いいですか、倦怠と陶酔があれば、すべてを備えた立派な地獄を写し出すことだってできますよ。それは広大で、その中には楽園まであるのです。その楽園にはありとあらゆる驚きとめまいがあり、あらゆる喜びがあります。でも、それは最も深い地獄です。なぜなら、まさにそこから吐き気と倦怠が湧き出しているからです」

31

「口から出まかせに言ってみましょう。プエルトリコ、バルブーダ、ガデループ、バルバドス、トバゴ、キュラソー、トリニダード。オランダの商人、イギリス植民地のエリート、アメリカ海軍の将校、懐疑的で、だらしのないフランスの役人たち。それに加えて、中庭でしゃべくるクレオール、黒人、有色人種の子供たち。多くの者たちが無教養で、それ以上に多くの者が不幸せで、一番多いのは酒と皮膚病と乱婚とによって台無しにされかねない威厳をなんとか保とうと努めている者たちです。

患者X氏はできる限り旅行をするよう心がけていましたが、それでも何週間か、何カ月かの間、原始林の外れにカニやムカデを防ぐために鳥の巣箱のように高い柱の上に建てられた藁ぶきの小屋の中で、強風にあおられ、豪雨に降り込められて過ごすこともあったでしょう。彼はこの小屋の木の階段の上に王様然として座り、足の裏に食い込んだ砂ダニを針の先で取り除かせながら、かつて大自然であった数百エーカーの土地が、富と呼ばれる砂糖黍と穀物の実りを再びもたらすための準備が整えられるように見張っています。そんなわけで、この土地に引っ越してきた神の恵みとは、黒人たちにとって労働は以前よりもきびしく、貧しさは以前に同じということだったのです。その代わり世界のどこかの別のところでは、畑の砂糖黍も穀物も相応の実入りをもたらさなくなってしまいました。それは諸般の事情の然らしめるものであって、ケッテリング氏には無関係です。砂糖黍なら砂糖黍でいいのです。手斧が黍をザクザクと切り倒そうが、蚊がブンブンと飛び交おうが、黒人がヒーヒーと泣こうが――最終的にはタイプライターのパタパタいう音で濾過されて、美辞麗句に納まります。いやいや、それはタイプじゃない。それは蛙、せみ、木の幹をつつく鳥なのです。いや、それは鳥でもなければ、黍の葉ずれの音でもない。やっぱりタイプライターだ。ミスター・ケッテリングは地面に座り込んで、錆びついたタイプライターを一本指で叩いています。キューバ人に宛てたただの商用文で、それ以上のものではありません。しかし、この役立たずのタイプライターは錆と湿気ですっかりやられています――ケッテリングはなんとなくホッとしました。どうしよう、この手紙はもう書けない。よし、それじゃ、おれが帰るとしよう。

そこで、ここの島々の砂糖黍で儲けた金を手にキューバへ戻ります。ミスター・ケッテリングが乗り込んだずんぐりした船にはバニラ、ピメント、カカオ、薬味に使うマスカット・フラワー、みかん、強壮剤になるアンゴストゥラの樹皮、ジンジャーなどが積み込まれていて、船上は植民地の物産を商う商店のように意味ありげな香りで満ちています。このオランダ船は、一軒一軒商店の店先に足を止めては長話をするおしゃべり小母さんのように、港ごとにいちいち停泊しながらゆらゆらと航海を続けます。

『急ぐことはないって、君。ポケットにでも手を突っ込んで、よく見るんだな』

『何を?』

『そうだな。水、海、海の上に描かれた太陽の軌跡か、または青い島かげ、金色にふち取りされた雲、水しぶきをきらめかせる飛び魚。それとも、夜の星たち』

そこへ太鼓腹の船長がやってくる。太巻の葉巻をすすめはするが、船長も多くを語らない。結局、いつものケッテリング氏のままでいればそれで十分です。

水平線の上には絶え間なく嵐が現われ、夜ともなれば降りしきる雨のベールの向こうで幅広い赤い閃光がきらめきます。それとも、輝いたかと思うとすぐに消えてしまう青白い筋の中に海を照らし始めるのです。足下の泡立つ黒い水の中では、絶えず何かが燐光を発している。ケッテリング氏は手すりにもたれて、倦怠でも陶酔でもない何ものかで満たされています。そうです、ただ一つ確かなことは、以前にも一度、これと全く同じように船旅をし、今と同じになんの心配もない幸福な気分を味わったことがあるということです。彼はこの気分を二度と忘れないようにと、今それをじっと噛みしめているところです。愛か自由か、それとも何かの無限の感情を、手をいっぱいに差し伸べてつかみたいという止むに止まれぬ気持ち。

カマゲイノは大喜びで彼を迎えてくれました。老海賊は自分の船が上々の獲物を積んで戻ってきた時は労をねぎらうことにやぶさかではありませんでした。二人はすでに事務所ではなく、涼しい日陰の部屋で寛いでいました。テーブルにはダマスカス・クロスがかけてあり、その上にはイギリス製のグラスと重そうな銀製の蓋のついた水差しが載っていました。老海賊はケッテリング氏に赤ワインを注いでやりながら――きっと、敬意を示すためでしょう――苦労しながら彼と英語で話しています。部屋はゆるやかなアーチと円柱を隔てて、化粧タイルを敷きつめた中庭に面していました。その中央には椰子の若木やファヤーンス焼きの鉢に植わった天人花で取り囲まれた泉がピチャピチャと水音を立てています。セニョール・ケッテリングは今日は大事なお客なのです。わしの家は君のものだ。キューバ人は古いスペイン的な鷹揚さで言ってから、彼の行きや帰りの旅行のことを、さも高貴の人の単なる気晴らしの漫遊旅行でもあるかのように、あれこれと問い質しました。ミスター・ケッテリングはもちろんこのような儀礼的会話という習慣にはあまり慣れていませんでしたから、彼は事務的に話します。あちらの状況はこんな具合です。あの負債者は信用できません。どこそこの企業は将来性がありそうなので投資する価値があります。カマゲイノはうなずいています。ベリー・ウエル・サー、その件についてはいずれまた話をしよう。そして手を振ります。まあ、そう急ぐなってことよ。彼はかなり老けていました。以前よりも威厳を加え、そして愚かしくなっていました。ゲジゲジ眉毛は額の上をあがったり下がったりしています。親愛なるケッテリング君、あんたの健康のために乾杯じゃ。老人は浮かれてヒッヒッヒと笑い通しです。

『なあ、どうじゃった、女どもは。あっちじゃ、女どもとうまくやったか?』

ケッテリング氏はけげんな顔して答えます。『ご質問に感謝いたします。今までのところ、そういった機会もなしにおりました。トリニダードの土地の件でありますが、ひどい沼地でした。しかし、水抜きをいたしますれば——』

『いや、全く』キューバ人はしわがれ声を発します。『実際、ハイチの黒人女どもときたら、全くのところ気違いじゃ。特に、それ——野蛮人の祭りの時なんざあ、な?』

『仰せの通りです』ミスター・ケッテリングは答えました。『全く、異常なやつらです。しかし、最良の苗木はガデループに産します』

カマゲイノは彼のほうに身を乗り出しました。『で、インド女じゃ。インド女はどうかね? なかなかの好きもんじゃというじゃないか? なんでも——秘技というのを知っとるそうだが、本当か? おい、水臭いぞ。わしにはみんな話してくれんといかんな、え、親愛なるケッテリング君』

部屋の中に白い服の娘が入ってきました。キューバ人は立ち上がりましたが、かれの眉毛は髪の生え際にくっつきそうなくらい、不満げに引きつっています。『これはわしの娘のマリア・ドロレス。メリーじゃ。要するに、アメリカの大学に行っとったんじゃ』老人は娘の不作法の言訳をしているように見えました。確かに、スペインの娘は見知らぬ紳士がいる部屋には立ち入りません。ただし、メリーは例外で、アメリカ流にすでに握手の手を差し出していました。

『ハウ・ドゥー・ユー・ドゥー、ミスター・ケッテリング?』彼女はどちらかというと骨張って、彫りが深くみえるような顔の造りをしていましたが、それは彼女本来のものではなく、イギリス風に見せたいからでした。そのくせ、肌の色は松やにのような薄いオリーブ色で赤っぽく、眉毛は濃くて、鼻の下には生毛が密生しているところは、どう見ても生粋かつ善良なキューバ女です。

『さあて、メリー』カマゲイノはそう言って、もう行きなさい、という合図を送りました。しかし、メリーはアメリカの自立した女性です。座って脚を前に組み、ミスター・ケッテリングに次から次へと質問を浴びせます。あちらの島々での生活はどんなですの? 黒人たちの社会的地位は? ミスター・ケッテリングは彼女の学生っぽい熱心さをもの静かに楽しんでいましたが、一方、カマゲイノは腹立たしげに、二匹の巨大な毛虫のような眉毛をつり上げていました。そこで、ミスター・ケッテリングは学校の教科書のような嘘をつきました。幸福な島々ですよ、ミス・メリー。理想の楽園です。チッチッとハチドリのさえずる全く未開の原始林、そこにはバニラの木が自然に成長し、ただそれを千切ればいいのです。だから、黒人たちのこともご心配には及びません。まるで子供のように楽しんでいますよ……。

アメリカ娘は膝をかかえて聞いています。そして、たった今、楽園から帰ったばかりのこの男から目を逸らそうともしませんでした」

「夜になってカマゲイノは胆嚢《たんのう》の痛みを訴え、早めに引き上げました。事実、彼はひどくやつれて見え、目は苦痛のために落ち窪んでいました。ケッテリング氏はタバコを吸いに庭に出ました。庭にはゼラニウム、アカシア、ヴォルカメリエなどが咲き匂い、大きな蛾が酔ったように騒々しい羽音を立てています。マジョリカ焼きのベンチには白服の娘が座り、かすかに開いた口から息苦しいまでの甘い空気を吸い込んでいます。――ケッテリング氏は鄭重《ていちょう》に一定の距離を保って迂回しました。彼はこの場の雰囲気にどう対処すべきかを心得ているのです。すると、突然、葉巻が夾竹桃の茂みの中に飛んでいきました。『お嬢さん』ケッテリングは早口に言いましたが、その声はかすれています。『ぼくは恥じています。ぼくは嘘をつきました。あそこは地獄ですよ。あそこで人間が人間のままでいられるなんて、無理に思い込まないでください』

『でも、あなたはあちらにお戻りになるんですね』彼女はそっとささやきました。この夜がこんなふうに声をひそめさせるのです。

『ええ、ほかに行くところもありませんからね』

彼女は自分の横に彼の場所を空けました。

『あなたにわかってもらえますかね。ぼくには……どこにも安住の地がないんですよ。ぼくにはないんです、どこかに帰れるというところが、ここ以外には』そう言って手を振りました。『ご免なさい、あなたの楽園の夢を壊してしまって。でも、ほんとは、そんなに悪くはないんです』彼は何か美しいものを思いつこうとしました。『そうだ、ぼくはね、一度、モルフォ蝶を見ましたよ。手を伸ばせば届きそうなところで、あの青い羽をはばたかせていました。とってもきれいでしたよ。――うじ虫のいっぱいたかった、腐ったネズミの死骸の上に止まっていましたがね』

女子大生は背を伸ばしました。『ミスター・ケッテリング――』

『ぼくはミスター・ケッテリングなんかじゃない。いったい、なんのために、いつもいつも嘘をついてなくちゃならないんだ。ぼくは誰でもない。多分、名前のない人間は心だってないんだ。だから、ぼくはあんなところでも我慢できるんだ。違うかい?』

すると、突然、彼女は女子大生ではなくなりました。それは深い同情の念に長いまつげをしばたかせる、あどけないキューバ娘でした。あたし、どうしたらいいのかしら。この人になにを言ったらいいの? 何か素敵な言葉ないかしら。いちばんいいのは、家の中に逃げ込むことよ。だって、この人、とっても変なんだもん。十字をきって、立ち上がってだめよ、アメリカ娘にそんなことはできないわ。アメリカ娘は彼の親友でなくちゃ。あたしだって大学で心理学を勉強したんだから、この人が失った記憶を探して、抑圧された観念を呼び出すお手伝いくらいできるわ。その前に、この人の信頼を得ておかなくちゃ――アメリカ娘は親しげに彼の手を取ります。

『ミスター・ケッテリング――それとも、違うかしら。なんてお呼びすればいい?』

『知りません。ぼくは、ある人物です』

彼女は、彼を誘導するために、手を強く握ります。『さあ、努力してみるのよ。あなたの子供の頃のことを考えて。あなたは何かを思い出さなくちゃならないの――せめてお母さんのことは? どうお、思い出した?』

『ぼくは以前……熱病に罹ったことがある。そこはバルブーダだった。すごく齢を取った黒人の女が、赤唐辛子とピメントを一緒に煎じた湿布をしてくれたよ。ぼくの頭を膝にのせてシラミを取ってくれた。猿の手のようなしわくちゃな掌だった。あの時、これが母さんなんだなという気がしたな』

かわいいキューバ娘は指を彼の手から離したくなりました。――まあ、なんて熱い手かしら。でも、そんなことは不作法なことかもしれない。それにしても、こんなことまであやふやな人ってなんだか、怖いわ。

『じゃ、お母さんのことは覚えていらっしゃるんじゃないの!』

『いいえ、知らないんです。ぼくには母なんて、全然いなかったんじゃないかな』

アメリカ娘は彼に救いの手を差し伸べようと、きっぱりと決意しました。

『あなたは少し努力をしなきゃ駄目。少年の頃のこと、何か思い出してごらんなさい。何かの遊びのこと。友だちのこと。ほんのちょっとした出来事とか――』

彼は自信なげに頭を振ります。『思い出せない』

『どんなことでもいいのよ』娘は催促しました。『子供の頃の印象ってとても強いものよ!』

ケッテリング氏はなんとか彼女の意に添うよう努力していました。『ぼくは地平線を見ていると、いつも、その向こうに何か素晴らしいものがあるに違いないって空想していましたよ。これがあなたのおっしゃる子供の印象じゃないかな?』

『それ、あなたがお家にいらっしゃるときに思っていらしたの?』

『いいえ、この島でです。でも、同時に、ぼくは子供の頃にも……こんな気分を感じたようにも思えるんです』彼は娘の手を握ったまま、勇を鼓して、更に続けました。『そうです、ぼくは……ボールを盗みました』

『どんなボール？』

『……子供の』彼は戸惑いながら言いました。『あれはポート・オヴ・スペインの港でした。ぼくの足下に転がってきた……赤と緑の小さなボールだった。ぼくは以前、子供の頃、こんなボールを持っていたに違いないんです。そのとき以来、ぼくはずっとそのボールを持ち歩いています——』

娘の目に涙が浮かんできました。ああ、あたしって、なんてお馬鹿さんなんだろう！『ほうら、ご覧なさい。ケッ……、ケッテリングさん』興奮に息を弾ませました。『もう少しよ、さあ、いいですか——目をつむって、ようく考えるのよ、いい？ 一生懸命、思い出して——ほら、目を閉じなきゃだめ、精神を統一するためなんだから！』

ケッテリング氏はまるでそれが命令ででもあるかのように、素直に目を閉じ、身じろぎもせずに座っていました。すると、静かです。聞こえるのは、ただ酔っ払った蛾の羽音と遠くから聞こえてくる混血女の嬌声だけです。

『思い出していますか？』

『うん』

かわいいキューバ娘は息をひそめて、彼の顔をのぞき込みます。変な人。怖い顔して目をつむっている。ひどく苦しんでいる。それに、怖い——不意に彼の表情が緩みました。

『何か思い出したのね？』

彼はほっとしたように大きな息を吐きました。

『ここはなんて素敵なんだ！』

娘は訳のわからない感動と戦わなければなりませんでした。それでも、彼女の口から思わずこんな言葉が飛び出してきました。『ここは……じゃ、地獄ではないのね?』ほんとはこんな言葉を口にするつもりはなかったのです。

『地獄なもんですか』彼はささやきました。手を動かすとか目を開けることが怖かったのです。『ぼく、こんなのって、全く初めてだ。わかるかい、ぼくはこんなのって好きじゃなかったんだ』

その意味をいち速く理解したのがアメリカ娘のほうだったか、かわいい色黒のキューバ娘だったかは定かではありませんが、素早く手を引っ込めると、顔が熱くなるのを感じていました。ここがこんなに真っ暗なので、一層幸せになりました。

『あなた……これまでに誰か好きになったことあります?』おお、なんたる暗さだ!

ケッテリング氏はがっしりした肩をすくめます。

『あなたは、多分、思い出してるはずだわ……』そう、アメリカ娘が言います。だって、キューバ娘なら、知らない男の人とこんな話をするのははしたないことくらい知ってますからね。でも、大きなアメリカ女子大生までがドキドキしています。あっちの女子学生寮では、いろんなことを議論していたのに、男子の学生とだって開放的になんでも話ができたのに――どうしたのかしら、それがここでは急にできなくなってしまった。彼女は手の甲で頰を冷やし、唇を噛んでいます。

『ケッテリングさん』

『何です?』

『きっと、あなたは誰か女の人を好きだったことがあるんだわ。思い出して』

彼は膝に肘をついて前屈みになり、黙っていました。今は、またかわいいキューバ娘です。こんなに不安そうに長いまつ毛を瞬いています。

『一度もありませんよ』彼はゆっくりと言いました。『今みたいな、こんな気持ち、経験したの初めてです。わかるんです。完璧にわかるんです』

かわいいキューバ娘は息をそっとこらえています。ほら、彼女の心臓は今にも張り裂けそう。膝も、ほら、こんなに震えている。じゃあ、こんなのが、あれなんだわ。ああ、なんてこと。だって、泣けてきそうなくらい素敵なんだもの。しかし、アメリカ的脳のほうが、そんな弱々しい考えを打ち負かしました。そうよ、どうせそんなことだわ。だから、あたしにはすぐにわかったわ。『セニョリータ、ぼく、嘘をついてました』って、すぐ言い出すに違いないって。

『あたし、なんだかとっても嬉しいわ』そう言う彼女の歯がすこしカチカチと鳴っています。『だって――』（いったい、どうしたのかしら？）『――だって、あなたがここを気に入ってくださったんですもの？』（違うわ、そんなことじゃないわ。でも、まあ、いいや）『あたしもこの庭がとっても好きなの。毎晩、ここにいますの――』（ああ、こんなこと言うなんて、あたし、なんて馬鹿なのかしら！）アメリカ娘は優位に立とうと一生懸命です。『頑張って下さいね、ケッテリングさん。あたし、あなたが思い出すお手伝いしますわ。いいでしょう？　自分が誰だか思い出せないなんて、きっと、とっても怖いことだわ！』

ミスター・ケッテリングは強いショックを受けたかのように体をピクリとさせました。

『あたし、そんなつもりじゃなかったのよ』アメリカ娘は大急ぎで言い直します。『あたしは、ただ、もしあなたのお手伝いができたらいいなと、そう言いたかっただけなの。ご免なさい――』彼女は彼の服の袖に触れました。（行く前に、ほんのちょっとご機嫌を取っただけなんだからね！　無事に家に戻れるように！）

彼は立ち上がりました。『よろしかったら、お送りいたしましょう』
彼女も立ち上がりました。が、それはまるで両腕で彼を抱こうとでもするかのような間近さです。『約束してくださいね、思い出すって！』
彼はほほえみました。その瞬間、幸福感で叫びたくなるほど、彼女にはケッテリング氏が素敵に見えたのです。

誰かがこのかぐわしい夜に向かって、窓から身を乗り出しています。その上の階のバルコニーでは葉巻の火が赤く光っています。

『ハロー、ミスター・ケッテリング！』

『ええ？』

『お休みになれませんの？』

『そうなんです』

『あたくしもよ』幸せそうに語りかけ、むきだしの肩を夜気にさらしている。さあ、わたしをつかまえて、撫でて、抱きしめて。わたしはここよ。ほら、ここに触って、あたしの心臓がこんなに激しく打っている。

いや、ぼくは見ないよ。そんなことはしない。ほら、葉巻だって、ぼくの歯の震えてるのが見えないように、闇の中に放るよ。駄目だよ、メリー。肩を撫でるのは止めなさいって。だって、まるでぼくが撫でているみたいじゃないか。

……わかってます。あたしにはピンときたわ。あなたって、太陽に触ったみたいに熱い手をしてる。

あたし、どうしたのかしら？　指がこんなに震えている。あたしがこんなに落ち着いて、平気だっていうのに。あたしにはわかってた、いつかこうなるって。でも、いつわかったのかしら？　あなたはそんなことわからなくていいの。すぐだわ。わたしが部屋に入って、あなたが立ち上がった、そのときよ——あんなに大きな体、そのくせ、自分がどこの誰やらさえも知らない。

上のバルコニーの男がため息をつきました。

おお、ミスター・ケッテリング、お願い、お行儀よくなさい。そのほうがずっといいわよ。誰かがあなたの手を取って、きっと言うわよ。かわいい坊や、あなたどちらさんのお坊っちゃんなの？　って。あたし、あそこですぐキスするとかなんかしたかった。母性本能っていうんだわ、きっと。

これはこれは、痛み入ります。

そうじゃない。そんなことあるもんですか。あたしあなたが怖いのよ。わからないことずくめで、恐ろしいわ——まるで覆面で隠しているみたい。全くの、人騒がせだわ。あなたが庭で話しかけてきたときだって、あたし、ほんとはもうちょっとで逃げ出すとこだったのよ。それはもう、とっても怖かったんだから！

ごめんよ、ぼく、そんなつもりじゃなかった——でも、あたしはあなたに来てほしかったの。わかります？　女は食事のときに男の方と一緒にテーブルにも着けないんですよ。スペイン式のこんな習慣なんてばかばかしいって思いません？　会うときはまるでこそ泥でもするみたいに……だから、すぐ、へんな具合になって、何か悪いことでもしてるみたいに心臓がドキドキするんだわ。ハロー、あなたはまだそこにいらしたの？

そう、ぼく、ここにいます。ここです。でも、見ないで下さい。さもないと、ぼく、そこまで飛んでいきますよ、マリア・ドロレスさん。

彼女は大急ぎで、房飾りのついた絹のショールで肩を覆います。今は、再び、色黒のキューバ娘です。彼女は闇に向かって、うっとりと長いまつ毛を瞬いています。そして、何も考えていません。ただ待っているだけ。

わかるかなあ、向こうでは白人の女性なんてめったに見かけません、ほんとです。だから、この恐ろしいような、それでいて美的な尊敬の気持ちに、突然おそわれるという奇跡がどんなものか、あなたには想像もできないでしょうよ。ひざまづきたいという気持ち、目も上げられないような気持ち。ああ、セニョリータ。あなたのショールをいただくためなら、ぼくはどんなことでもいといません。あなたの前にひざまづきます。そしたら、ぼくは一生幸せになるのでしょうに。

キューバ娘の目が輝き、片方の肩からショールがゆっくりゆっくりずれ落ちていく。彼女の腕が細い帯のようにぼんやり見える。でも、あのときよりももっと上のほうまで——多分、ジグザグ飛行を続けるコウモリが風を送ったのでしょう。ぶるぶるっと体をふるわせて、腕を胸の前に合せて、行ってしまった。

そして、やがて日がさし始めるでしょう。かわいい小鳥たちもまだ夢のなかでさえずっている。アメリカの女子大生は、そっと、用心しながら窓のほうへ寄り、バルコニーのほうを見ます——やっぱり、今もあそこで葉巻の赤い火が光っている。あの人物は身じろぎもせずにあそこに立って、手すりをしっかり握りしめている。娘はあえぎました。だって幸せが痛いくらい。それから、まだ長い間ベッドの端にすわっていました。そして、もうしばらく、白くて、ふっくらとした自分の脚にうっとりとほほえみかけていたのです」

33

「その後の事態については、次に述べるようなこと以外には考えられません。娘は一日中ミスター・ケッテリングの姿を見かけませんでした。これは単なる偶然とは言い切れない節もあります。カマゲイノは彼を事務所に呼び出して、昼食もどこかで取りました。ミスター・ケッテリングはあれこれと報告はするのですが上の空で、仕事の話をさせるには、前回とは打って変わって、キューバ人のほうからいちいち聞き出さなければなりませんでした。その上、答えることも支離滅裂で、バルブーダとトリニダードとを取り違えたりさえするのです。キューバ人は襲いくる激痛にさいなまれて落ちくぼんだ目の奥から、探るような視線を彼に注いではいたものの、それでも愛想笑いを絶やすことはありませんでした。夕食も二人だけ、別のどこかでとりました。キューバ人は苦痛のためにすっかり黄色くなっていましたが、席を立つほどではないのか、ひたすらラム酒を注いでは勧めました。飲みたまえ、ケッテリング君、こんちきしょう、さあ、飲みたまえ！　それで、ハイチの砂糖はどうかね？　ケッテリング氏の記憶力は、今日はいつもと違ってさっぱりです。つっかえたり、どもったり――じゃあ、飲みたまえ、君！　とうとう、ケッテリング氏はふらふらしないように気をつけながら立ち上がりました。

『ちょっと庭に行かせてください、頭が痛いので』

『庭へだと？　まあ、お好きなように』カマゲイノは一旦は眉をつり上げたものの、すべてはこの大事なお客の意に添うようにと、再び鷹揚な物腰に返りました。『それにしても、ケッテリング君。君の記憶はどうしたのかね？』

『ぼくの記憶ですって？』

キューバ人は目を細めました。『君はもうわかっとるんじゃないのか――少なくとも、君が誰かくらい？』

ケッテリング氏は素早く振り返りました。『私はもう……ケッテリング氏として十分通っているじゃありませんか』

『それもそうだ』キューバ人はつぶやき、手にした葉巻を見つめて考え込みました。『それにしてもだが……仮にじゃ……君がもうとっくに、どっかで結婚しとったかどうかもわからんというのは、ちょっとばかげとると思わんか？　え、どうかね』キューバ人は肝臓の辺りを押えながら、やっとの思いで立ち上がりました。『じゃ、おやすみ。ケッテリング君、ぐっすり眠りたまえ』

庭に出たときのケッテリングは、さすがに少しばかりふらついていました。向こうに青い顔をした娘がショールにくるまって震えながら待っています。その背後のもの陰にはメキシコ・インディアンの老婆が気遣わしげな、しかも人間的な目をしばたかせて立っていました。なるほど、ご主人《ドゥエニャ》さまというわけか。ケッテリング氏は了解はしたものの、ほかのものはみんな渦を巻いて目の前で回っていました。巨大な影、花咲く珊瑚樹のピンク色の洪水、はてしもない香り。それに、房飾りのショールにくるまった娘――娘は彼の腕を取って庭の奥へといざないます。

『ひどいわ』娘は興奮して、しゃくり声を上げました。『みんなが、わたしに庭に行ってはいけないって言うのよ！』このことでアメリカ娘のほうの彼女はひどくプライドを傷つけられていましたが、握りしめたこぶしはキューバ娘のものでした。

『あたしは、あたしのしたいことをしてやるんだから』

彼女は炎のような怒りに燃えましたが、それは本当ではありませんでした。そんなことしたいとは、少なくとも彼女は思ってはいませんでした。そんなことをするという意味ではなかったのです。こんなことを――庭の一番奥の暗がりの、ハイビスカスの陰でショールが地面に舞い落ち、絶望によろめく男の首にぶら下がり、顔を彼のほうに向け、くちづけを求めて苦しげに開いた唇を差し出す――なんてことをです。

『お嬢さん、インディオの娘さん』男は小声でたしなめ、腕の中に彼女を抱きしめます。しかし、娘は頭を振っていやいやをするだけ。彼の口に唇を押しあてる。湿った唇の影。わたしを飲み干してと言わんばかり、身を固くして、われを忘れて、気を失って。急に彼の腕の中でぐったりとなる。力尽き、両の腕をだらんとさせて。男が娘を離すと、両手で顔を覆い、無防備に、打ちひしがれて揺れている。男はショールを拾って、彼女の肩に掛けてやる。

『メリー』男は言う。『さあ、もう、おうちにお帰りなさい。いずれ、ぼくは――戻ってくる。もはや、ケッテリングとしてではなく、君を迎えに来る資格を持った人間として。わかったかい?』

彼女はうつむいたまま立っている。『あなたと一緒に連れてって――すぐに。今、すぐによ!』

彼は娘の肩に手を置きます。『さあ、おうちにお帰り。だって、うちに帰るのはぼくには難しいことだけど、君には簡単なことじゃないか』

娘は重たくて熱い手を肩に感じている間だけ足を運びます。茂みの中からのっぽの下男が現われました。

『おうちへ参りましょう、お嬢さん』しわがれ声で命じます。『速く!』

娘はケッテリングのほうへ顔を向けましたが、その目には得体の知れぬ何かが燃えていました。

『アディオス』娘は小さく言って、ケッテリング氏に手を差し出しました。『戻ってくるからね、メリー』この人物（エステ・オンブレ）は彼女の指をもみくちゃにしながら絶望的につぶやきました。

娘は素早く身を屈めて、彼の手の甲に湿った唇を押し当てました。恐ろしさと恋しさでいまにも大きな叫びを上げそうな気がします。

『さあ、さあ、セニョリータ』下男がしわがれ声でうながしました。

娘は彼の手を自分の心臓に強く押し付けます。『アディオス』娘は大きな息とともに言って、涙に濡れた顔と唇で彼にキスをしました。

インディオの老婆が娘の腰に手をあてがいます。『さあさあ、お嬢さん。参りましょう、おうちへ。ヴァ・ア・ラ・カーサ』

娘は意思を失ったかのように、老婆の手に身を委ねています。ショールは地面を引きずられ、房が小さく跳ねていました。

ケッテリングは黒い棒杭のように微動もせずに立ちすくみ、強い香りを放つレース飾りのハンカチを手に握りしめていました。

『さあ、旦那』牛飼いがなだめすかすような調子で低く呼びかけました。

『カマゲイノはどこだ？』

『旦那をお待ちです』下男がケッテリングの葉巻に火をつけるためにマッチをズボンで擦りました。

『こちらです、旦那』

老キューバ人は机に向かって座り、金を勘定していました。ミスター・ケッテリングはしばらくその様子を見ていましたが、やがて苦笑を浮かべます。『それが私の分け前ですかい?』

カマゲイノは目を上げた。『あんたの取り分だ、ケッテリング』

『給料? それとも利益の分配金?』

『両方だ。数え直してもいいんだぞ』

ケッテリングはその金をポケットに突っ込みました。

『でも、念のために言っときますがね、カマゲイノさん』彼は精一杯はっきりと聞き取れるように言いました。『私はお嬢さんを戴きに参りますからね』

キューバ人は指で机を叩いていました。『残念ながら、ケッテリングの書類には既婚者と書いてあるんじゃ。仕方あるまい』

『ケッテリングはもう戻ってきませんよ』エステ・オンブレはゆっくりと言いました。

カマゲイノはおもしろそうに彼を見つめて瞬きをしました。『なるほど、それもそうじゃ。身分証明書なんて買うのはそう高くはないからな。せいぜい、二三ドルといったとこかな——』

エステ・オンブレは勧められもしないのに椅子にすわって、勝手に酒を注ぎました。彼は今、かつてないほど正気なのです。

『仮にです、カマゲイノさん。仮に、今の私の身分を変えられなかったとしてもです、非常に結構な資産というのは非常に結構な名前と言えませんかね、いかがです?』

キューバ人はいやいやでもするように首を振りました。『わしらのキューバでは、結構な名前というのはかなり高いぞ』

『およそ、どのくらいです?』

キューバ人は笑いました。

『ほう、ケッテリング――わしの口からそんなことを言わせたいのか？　わしの資産だが、いくらあると思うね。きみは自分で知っとるはずじゃないか』

ケッテリングは口をヒューっと鳴らせました。

『もっと常識的に話しましょうよ、カマゲイノさん。そんな額、一生かかったって稼げやしませんや』

『確かに、無理だな』キューバ人は同意し、ヘッヘッヘと笑いました。『今となっちゃ、そんな時間はあるまいし、この先だってないだろうな』

ケッテリングは再び酒を注ぎ、考え込みました。『仰せの通りです、旦那。しかし、この何年かの間に、あんたの資産がとことん痩せ細るってことになったら――そうしたら、あんたに追い付くことだってそう難しくはないかもしれませんな、ええ？』

二人の男がじっとにらみ合っています。さあ、テーブルの上にトランプがありますぜ。勝負といきますかな。

『仮にです、カマゲイノさん。誰かが、あんたの事業やら契約やらを何から何まで知り尽くしているとしますね――それを使えば何でもできる』

キューバ人は焼酎（アグワリエンテ）の瓶に手を伸ばします。肝臓が痛いなんて構っちゃいられない。

『元手なしで、何ができる』

ケッテリングは自分のポケットを示します。『手初めには、これで十分でさあ、旦那』

カマゲイノは歯茎から浮き出た長くて黄色い歯を見せて笑ってはいましたが、彼の目は陰険な深い銃眼の形に細められたまぶたの奥で光っていました。『君の成功を祈るとしよう、ケッテリング。わしはあんたにかなりの金を渡したからな、うん？　さあて、どうする？　じゃ、健康を祈って、乾杯じゃ！』ケッテリングは立ち上がりました。『わたしは戻ってきますぜ、カマゲイノさん』『アディオス、親愛なる友よ』カマゲイノはこの大事なお客をドアのところまで伴ってきて、古いキューバ式の作法で体を屈めました。『おやすみ、わが友よ。おやすみ』のっぽの下男がケッテリングの背後で、大きな音とともに鉄柵の門を閉めました。『おやすみ、旦那』それから、患者X氏は花咲くブーゲンビリアの生垣に挟まれた道を通って立ち去っていきました。その道は星空の夜の中で銀河のように白っぽく浮かんで見えました。

34

「かつて、港や農園がちらちらと入り乱れるカレイドスコープを何の興味もなしにのぞき込んでいた無感動な男は、今や打って変わって、征服に向かわんとする男に、胸を張って身構える闘士に、今にも音を発せんばかりに筋肉を張りつめた熱血漢に変身したのです。まるで新たに生まれ変わったかのようです。しかし、これこそが愛の最高のセクシュアリティーじゃありませんか？　実際、私たちは私たちの愛する女性の乳房と膝から生まれるのではありませんか？　それに、あの子宮だって、私たちを生みたいから私たちを叫び求めているんじゃありませんかね？　さあ、あんたはもう私のもの。だって、若くて、ハンサムなあんたを、こんな激しい心の震えの中で産み落としたのは私なんですからね——だから愛への到達とは、新しい全人生の始まりのようなものではありませんかね？　幻想だとおっしゃるんですか？　しかし、幻想のもととなる原因は幻滅のもととなる原因よりは根が深くはないんじゃありませんかね？

それでは、彼を追って先ずハイチへ行ってみましょう。そこには黒瀝青の地層が隠れていると言われている沼があります。しかし、その沼はひどい臭気が立ち込めていて、近くには鳥やひき蛙はおろか、黒人たちさえも寄り付かないという話です。彼はそこに馬で行きました――仮に、ゴナイバからということにしておきましょう。でも、途中で馬を置いていかなくてはならなくなりました。その上、棘に引っかかれたり、剃刀のように鋭い高く伸びた草の葉に切りつけられたりしながら、雇い入れた黒人たちと一緒に手斧で道を切り開いていかねばならなかったのです。黒人たちは逃げ出し、連れ戻すには三倍も賃金を払わなければなりませんでした。こんな結構な賃金を払ったのに、二人も失ってしまいました。一人は毒蛇にかまれ、もう一人は何やら正体不明のけいれんを起こして七転八倒したあげく、口から黄色い泡を吹いて息を引き取ったのです。多分、何かの毒に当たったのでしょうが、黒人たちはジャンビの仕業と信じ込み、それ以上先へ進もうとはしませんでした。

やっとのことでその沼に辿り着き、その沼が満更でもないことを見て取りました。そこにはかなりの蚊がいましたから、生物が呼吸できないわけでもないのでしょう。それにしても、ひどい所でした。太陽の熱でどろどろに溶けて、黒くて、息が詰まりそうです。あちこちに黄色い膿汁のような泡が噴出しています。その臭気たるやとても我慢のできるようなものではありませんでした。

ゴナイバに戻るとその土地を買い、ある悪党面の混血男と『アスファルト湖』――この男がやや誇張してそう呼んだのです――までの道路建設の契約を結びました。その後で、彼はプエルトリコ――仮に、そういうことにしておきましょう――に出かけたのです。

さて、今度は例の件に揺さぶりをかける番です。彼はカマゲイノに対して敵対行動を取る決意を固めたのです。つまり、砂糖に対する攻撃です。もう、ずっと以前に、彼は老キューバ人に砂糖景気は下向きになるだろうと何度も書き送っていたのですが、カマゲイノはそんな報告には目もくれようとはしなかったのです。砂糖黍の大景気も終わりだとの神様のお告げですよ。そんなことで我輩のごとき大狸がびくつくとでも思っとるのか。ケッテリングはカマゲイノの土地や株券やいろいろな事業を買収したがっている連中がいるのを知っていましたから、彼らのところを訪ねて、その報酬としていくら出す気があるかと尋ねました。

よろしい、これこれの手数料を払ってくださるなら、半値で手に入れられることを保証しますよ。キューバ人は耳まで砂糖黍にどっぷりですからね、手持ちの砂糖から少しでも利益をかき集めようと思えば、大慌てで売らなきゃならなくなるでしょう。しかし、まだ細かな点で詰めなければなりませんな。

そこでケッテリングは、まあ、例えばバルブーダ、テル・バース、バルバドス、トリニダードへ急行することになります。キューバ人が早くも恐れをなして、自分の金を守るために売りに出たという情報を摑みました。ケッテリングは顎を突き出し、腕まくりをしてこの事業に取り組みました。待て、待て、まだ早い。やつに四分の一の値を呈示してください。契約破棄を申し出なさい。降参しろと言っておやりなさい。私らの目の前で起こるのは、かつて無かったほどの砂糖の大暴落なんですからね。砂糖工場は屑鉄の値段で、農園は豚の餌ひと抱えの値段でお買いなさい。それに砂糖の値段は下落し、去年の製品の三分の一は倉庫の中に眠ったまま。こいつをどうする。海に捨てたって、大西洋をちょっと甘くするだけの話だ。やっこさん、甘い煮え湯を飲まされるってわけっですよ。いかがです、みなさん。

それはまるで雪崩《なだれ》のようでした。だれもかれもが砂糖から手を引き(これは本当に起こったことです)、自分のものも、自分のものでないものまでも売りに出したのです。そんなわけで、老カマゲイノも、今なら、砂糖工場や農園の買い手を見つけることができるでしょう。それにしても、カマゲイノ老人の防戦ぶりは実にお見事と言うべきものでしたが、その売り方にはすでに末期的徴候が見えていました。あのゲジゲジまゆ毛がピクピクと上がったり下がったりするのを見てみたいものです。もちろん、このような事態が多くの人々を巻添えにしたとしても、どうしようもありません。哀れなピエールにしても例外ではなかったでしょう。年老いた農園主たちは何が起こったのかさっぱり飲み込めず、途方に暮れるばかりです。砂糖黍やコーヒーに金を払ってくれるものもなければ、バニラにしてもただみたいな値段にしかなりません。バナナはパナマ病にかかって立ち枯れです。だからといって、この手塩にかけた耕地を買いたいとか借りたいとかいうものが出てこないかぎり、この島々を後にするわけにもいきません。それに、ほんの数年前までは、この島々は『黄金のアンチル諸島』と呼ばれていたのです。

ついに、カマゲイノは防戦を止めました。彼はなかなかいい鼻をしていましたから、底値になるまでぐずぐずせずに、いわゆる、言い値で売り払ったのです。悪党め、なんとか自分の財産を守りきったとはいえ、それは全体の三分の一にすぎません。ミスター・ケッテリングは満足して大きな息をつきました。しかし、彼のほうにも、実は、この事業の契約で得たコミッションはあまりたくさん残ってはいなかったのです。それというのも、このような生活は高くつきますからね。それに見えも張らねばなりません。また、事態の進展を加速させようと思えば、あちこちで気前よく金をばらまかねばなりません。

さて、そこで今度はアスファルトの番です。アスファルトは砂糖黍やカカオのように栽培することはできません。アスファルトには賭けることができるだけです。おれは白(砂糖)の代わりに黒(アスファルト)に賭けるぞ。ケッテリング氏はボイラーとドラム缶の注文もして、炭鉱用の古いレールもありったけ買い込んで、ハイチへ戻ってきました。

親愛なるドクトル、私が再び家に戻ってきたら、きっとホッとすることでしょう——ジャコウ草の香り、ねずの木の香り、カーネーションを手に。外国にいるとどうしてこんなに不安なのか不思議です。もし、私が祖国の土の上に生きていなかったら、私はきっと革命家になっていたでしょう。ここでは（つまり、この諸島では）祖国でよりも、いろんなことにたいする不正義や恐怖をより強く……あるいは、より憎しみをもって感じます。もし、私が本当に私の物語を書くとしたら、その中にはシャツの胸をはだけて、負革《おいかわ》付きの小銃を肩に担いだ男が登場するでしょう。このパルティザン、この復讐者、あらゆる種類のケッテリングの熱烈な敵対者、それはまた、私でもあるかもしれません。こんなことを言っても始まらない。この話はあきらめます。そして、花咲く土手に腰を下ろして、香り高きあきらめの花びらを手の中にもみしだくとき、恐怖も、また憎しみも消え去ってしまうでしょう。そうしたら、この諸島のどこかで、『経済侵略』に抵抗する戦いに倒れた、胸をはだけた混血男の墓に野の花を、北国の花を供えてやりましょう」

35

「ここで患者X氏の運命に思わぬ破綻が生じました。仮に、契約相手の混血男がミュージック・ホールのスター・ダンサーに唆され、道路建設を中途で放り出して逃げ出してしまったとでもしましょうか。

ミスター・ケッテリングは自分で工事を始めましたが、急ぎすぎて高いものにつきました。そもそも、黒人たちに一輪車を使って石を運ばせようというのが無理な話で、この黒くて、ばかでかい不器用者《ぶきっちょ》どもは石を運ぶのにもバナナの篭でも運ぶみたいに頭の上に載せて運ぶのです。だから、一輪車のほうは脚をばたばたさせて、キャーキャーはしゃぎまわる娘たちを載せて走り回るしか役に立ちませんでした。こんちきしょう！　人生なんてそんなに浮かれ騒いでいりゃいいってもんじゃないことがわかるように、やつらのツラに一発食らわせてやれ！　労働者の行列の後には娘たちの大群がついて回りました。

夜になると、ケッテリングが絶望的な苛立ちに歯噛みをしているというのに、娘たちはギターやタムタムのリズムに合せてむき出しの臍をくねくねくねらせているのです。こんな野蛮人どもを思い通りにこき使うなんて、どだい無理な相談でした。経済恐慌はハイチをも襲って奇っ怪な結果をもたらしました。つまり、黒人たちがかつてない程までにヴードゥー教に熱中してしまったのです。ですから、週に一回は熱狂して叫び声を上げる彼らの声が森の空地から聞こえてくるというわけです。彼らはすっかり精力を使い果たして野生化し、お化けのようになって戻ってきます。そんなわけで、ケッテリングは夜もはだしの足音に耳をそばだてながら、レボルバーを手から離しません。近所の家から子供が二三人いなくなりましたが、ケッテリングは問題の核心に迫ることを極力警戒していました。事件の調査のために、金の肩章をつけたはだしの警官がゴナイバからやって来ましたが、この警官でさえ、原始林の中にしつらえられた石造りの祭壇を発見しないように細心の注意を払っていました。人の足で十分に踏み固められた小道がその祭壇へ通じていたのにです。

こうして、ひと月が過ぎまたひと月と、時が空しく過ぎていくとともに、ケッテリングの懐具合ばかりか体のほうまでおかしくなってきました。熱病と皮膚病に罹ってしまったのです。しかし、黒人の悪党どもが逃げ出さないように、治療に行くわけにもいきません。彼は憎悪で落ちくぼんだ陰険な目つきで、彼らを見張りながら、しわがれ声で命令するだけです。道路はまだ完成していませんでしたが、彼は早々にアスファルト沼のそばの丸太小屋に陣取って、トロッコ用の線路敷設の指図をしていました。ところが、その間に、ゴナイバの港に置いてあったレールが盗まれたのです。誰が何に使うのか知れたもんじゃありません。

辺りは一面に硫化水素の匂いが立ち込め、今にも崩壊しそうな巨大な腫瘍のように黄色の膿を醗酵させています。しかも、タールを煮る釜のような熱風を辺り一面に吹きかけているのです。それに歩けば歩くでぬるぬる、ぶよぶよした泥炭に足を取られ、ひと足ごとにペチャペチャ音を立てるのです。

とうとう、沼まで道が通じました。そこでケッテリングはポル・トー・プランスへ出かけていって、資金の貸付を交渉し、トラックと樽を調達し、運転手と現場監督を雇いました。戻ってみると、そこには人っ子ひとり見あたりません。なんでも、沼の真ん中に悪魔が自ら現われて、沼地全体をかき回したのでジャムを煮たみたいに沸騰したそうです。

ケッテリングはさんざん苦労をして、全身に蝿をたからせて、高熱に目を潤ませた病人や皮膚病にかかった黒人たちを引っ立ててきてアスファルトを掘り始めました。それは黒い、光沢のある最高級のピッチでした。災難だったのはトラックのほうです。一台はゴナイバからボイラーと樽を運んでいた混血の運転手が壊しましたし、二台目は沼に突っ込んで二三日後に沈んでしまいました。港までのアスファルトの運搬には一台しか残らなかったのです。ケッテリングはアスファルトが煮られて黒いピッチが十分に分離されるように目を光らせています。彼は機関車の釜たき夫のように真っ黒に汚れ、この地獄の業火のそばでマラリアのために震えていたのです。ここにいるものはみんなマラリアにかかっています。

まあ、そんな有様です。汚さないようにと、もう、あのレースのハンカチにさえ触れてはいません。彼はアスファルトの一杯詰まった樽のことしか頭になかったのです。さて、もう、いいかな。ケッテリングは火に焼かれた目を細めて熱くほてった手で、そこに建つであろう工場の空間に何かを書きました。ハイチ・レイク・アスファルト工業か、または、そんなものだったでしょう。

いくつか不愉快な事件があったことは確かです――たとえば、樽をゴナバへ運ぶ混血男です。自分の落度は棚に上げて、ふてぶてしく笑いながら言うのです。『おんぼろ車に、でこぼこ道と来ちゃねえ、旦那』ケッテリングはその男を追っ払い、今は自分で運転しています。そこに増えていく樽を見て大喜びです。何百樽もある。何百樽に、更に何百樽。何たる美しさだ！ ただし、あの追放した混血男はただ者ではありませんでした。世界というものを多少は知っていたのです。シャツの前をはだけて、ハイチ・レイク・アスファルト工業の周囲をうろつきまわって、労働環境がどうの、破廉恥なよそ者がこうのと演説をぶってまわったのです。そのあげく、ある日、四人の黒人がケッテリングのところへやってきて、互いに肘でつつき合ったり、足踏みしたりしました――要するに例の混血男を監督として仕事につかせるか、それとも――

ケッテリングは真っ赤になりました。『それとも、何だ？』彼はレボルバーの安全装置をはずしてから、この質問を彼らに呈示しました。

その結果はストライキでした。人肉嗜食《カニバリズム》儀式と平行して行なわれた組織的ストライキです。しかし今日では、そんなことはすでに当たり前のことになっているのです。彼のところに残ったのは、歩いては家にも帰れない病人が数人といったところでした。ケッテリングは気が狂ったようです。つるはしを摑むと、膝まで泥の中に埋まりながらアスファルトの塊を掘り出し始めたのです。そして、ぜーぜー、はーはー言いながら苦労しいしいボイラーのところまで引きずってきました。その一方、病人たちは口をぽかんと開けて彼の様子を見てはいましたが、くわを手に取ろうという気を起こす者さえいません。彼はアスファルトの塊を釜に一杯にすると、泣き出してしまいました。『ピエール！ ピエール！』そう泣き叫びながら自分の頭を叩いています。やがて、病人たちも逃げ出してしまいました。

ケッテリングは更に二日間、誰もいなくなったアスファルト湖の前に座り込んで、掘り出された後の穴に新しいアスファルトがゆっくりと満ちてくる様子を眺めていました。何千トン、何万トンのアスファルトがある。何百、何千の樽が買い手を待っている。やがて、レースのハンカチの中にアスファルト原石と無煙炭のように光る精製したアスファルトを少量くるむと、すざまじい音を立てながら空のトラックでポル・トー・プランスへ向かったのです。そこで四十八時間、死んだようになって眠りました。

そして、再びキューバ人の家の浮き彫りを施した鉄格子の門の前です。ノッカーを叩きます。開けてくれ、開けてくれ！ のっぽの下男が格子の向こうに立っているのですが、開けようとしません。

『何の御用です、セニョール？』

『カマゲイノに話があるんだ。すぐにだ』ケッテリングの声はかすれています。『頼む、開けてくれ！』

『駄目です、セニョール』年老いた下男は低い声で言いました。『あなたさまをお入れしないよう言いつかっているのでございます』

『じゃ、伝えてくれ』ケッテリングは早口で言いました。『やつに言ってくれ、おれがいい話を持ってきたって、すごい儲け話だぞって』ポケットの中ではアスファルトの二つの塊がごそごそと鳴っています。『やつに言うんだ――』

『駄目でございます、旦那』

ケッテリングは額をこすりながら言いました。『それじゃ、手紙なら――渡してくれるか――』

『駄目でございます、セニョール』

静けさ、夜、珊瑚樹の花が香る。

『おやすみなさい、セニョール』


それから、再び、島伝いに南へ南へと渡り歩きました。プエルトリコ、バルブーダ、グワデループ、バルバドス、トリニダード、そして、キュラソー。ヤンキー、イギリス人、フランス人、オランダ人、クレオール人、それに混血人。彼が至る所に取り引き関係を持っていた連中です。かつては胸元にドスを突きつけたこともあれば、砂糖事業の倒産にお手伝いしたこともある相手なのです。彼らとて、少なくとも、この名誉を誰と分かち合うべきかくらいは心得ています。ケッテリングはレースのハンカチから二個のアスファルトの塊を取り出して彼らの前に置きます。どうだい、素晴らしいアスファルトだろう。まるで瞳のように黒く光っているじゃないか。何千、何万トン、湖全体がアスファルトだ。これで何百万も稼げるぜ。どうだい、自分で行ってみるかい?

誰もが頭をかいて、溜息をつきます。不景気な時代ですな、ミスター・ケッテリング。ひどいもんです。アスファルトだってもう駄目ですよ。トリニダードでは労働者を解雇したというじゃありませんか――どうやら、砂糖に対する信仰が失われたいま、何もかもが信じられなくなったようです。駄目、駄目、旦那。お手上げですわ。一セント、一ペニーだって、あたしゃもうこのクソいまいましい島にゃ注ぎ込みゃしませんぜ。(それにしても、植民地とはまた何と卓絶した発明でしょう! それが人間の故郷となる土地の発見ではなく、単に、搾取の場としての土地の発見だったとは! この搾取の場の経済力を解放するにはいかになすべきか！）

ケッテリングは港から港へとさまよっています。昼は眠り、夜は船のへさきに棒ぐいのように突っ立っています。ロープで彼を縛りつけることだってできそうです。この果てしなく青黒い夜、稲妻がきらめき、満天の星がまばたく。無煙炭のように黒く、しかも、輝き、光り、鈍くうなる海。アスファルトそのものじゃないか、君。何億トン、何千億トンだぜ。これだけありゃ、何百万だろうが稼げらあ。

船はのろのろと進む。大きく揺れたかと思うと、小刻みに震える。まるで同じ場所から動けないでいるみたいだ。きっとスクリューが油のようなねっとりとしたものの中で回っていて、スクリューの羽にそれがねばり付いているのでしょう。それは黒くて重い原油のように黒い。そして、黒い船は無限のアスファルトの湖の中に分け入り、のろのろと進んでいる。船が進んだ後にはオートミルのようにどろっとした液体が埋めていきます。

今晩は、セニョール。あの上のほう……、あれは銀河です。紫のブーゲンビリアとペトレアの青い花房の間に、ほの白く浮かんだ夜道に似てますな。なんという香り。バラとジャスミンが胸苦しいまでに香りを放つ。

ケッテリングがくしゃくしゃになったレースのハンカチを口に押しあてる。するとアスファルトの匂いと、無限の彼方へ遠ざかった何ものかの匂いがしました。ぼくは戻ってくるからね、メリー。ぼくは戻ってくるぞ！

ところが、誰もが当惑げに首を振るのです。どうしようもありませんや、ミスター・ケッテリング。どこに行ったって信用取り引きはねえ。今はもう何に対しても投資意欲が冷めちまってるんでね。ドミニカでも、もうとっくにアスファルトの採掘を止めちまったっていうじゃありませんか。でも、十年か二十年待ったら、ま、少しは事情が変わるかもしれませんな。こんなくそいまいましい状況がそう長く続くはずありませんからね。

こうなったら、もはや方策は一つ、トリニダード・レイク・カンパニーの旦那方を頼るしかありません。トリニダードではまだトロッコがぎしぎしと軋《きし》みながら、アスファルトの詰まった樽を湖から直接船に運んでいましたが、やはり何となくさびついた音がしていました。ケッテリングが額に汗を浮かべながら二個のアスファルトの塊を開けて見せたとき、ここの紳士方はまるで彼が物乞いでもあるかのように、椅子を勧めもしなければ、その塊を見ようともしませんでした。それがどうかしたんです、えっと……えっと……ケッテリングさん、でしたっけか？　あたしら、ここに、少なくとも五十年分のアスファルトは保有しとりますんでね、世界的需要に対しても全くのところ、十分対応できます。ここにゃ、たっぷりと銭を注ぎ込みましたんでねえ――何のために新しい採掘場を開かにゃあならんのです？

でも、わたしんところのアスファルトはもっと良質ですよ。水も粘土も含んじゃいないんですからね――それに、あすこには重油も噴き出しているんです。

彼らはあざわらいました。そりゃあなおさらお気の毒ですな、えっと……、そう、ミスター・キャットル（家畜）。だって、あんた、それじゃあ、万一のとき姿を消そうにも、飛び込む水がないじゃありませんか。そのときになったらお引き取りいたしてもようござんす――当然ながら、ハイチの土地の通常の値段でね。じゃ、ご機嫌よう、ミスター・クリング（粘着）。

（さらば！　さらば！　私はやっとこの問題から抜け出すことができました。おかげで私もかなり気が楽になりました。私は商売とか取り引きとかの世界はどうも苦手で、ワニのいる沼地のほうが私にはよっぽど親しみが持てるのです。でも、どうしたらいいんでしょう。私はジャングルの中に迷い込んだみたいに、その世界の中にまぎれ込み、ケッテリングまで見失っていたのです。さて、私たちは今、再び出会いました。そして、いいですか、彼もまた自分自身を発見するのです。不幸な人間ほど自分自身に出会ったときのショックは大きいものです。幸いにして、私は家にいます。しかも、これは『私』の帰還です。この『私』こそ、自分が生きていた人間であるということ以外に何ものをも提示しないところの男なのです）

その夜、患者X氏は、南京虫が這い回り、蝿がべたべたした足でまつわりつくポル・トー・プランスの混血専用のホテルの一室に座っていました。薄い壁を通して、誰かが寝言を言ったりうなされたり、船乗りと混血女とが抱き合っていたりしている様子が伝わってきます。ホテルじゅうが、皿の触れ合う音や酔っ払いの言い争いの声、嬌声、誰かが死にかけているみたいな苦しそうな、せわしげな、荒い息遣いなどで満ちています。

患者X氏は『ハイチ・レイク・アスファルト鉱業』とレターヘッドのある便箋をタイプライターに挿し込むと、ゆっくりと叩き始めました。『親愛なるミス・メリー』

いや、この手紙はタイプライターでは書けない。ケッテリングは背を丸めて便箋の前に座って、鉛筆の芯をなめています。こんなにも長い間、かつてこのかた記憶にある限り、こんなふうに、ある種の途方もなく微妙な決まりやら仕来たりやらに従って文字を辿ったり、綴ったりして手紙を書いたことがないと、書き出しというのはもう嫌になるくらい難しいものです。タイプライターでなら簡単に書けます。こんなに胸は痛まないし、目の前がこんなに潤むこともありません。ケッテリングは初めての問題に取り組む生徒のように背を屈めています。オー——オー——ホー、オッ、オーと壁の向こうで混血女が叫び声を発しています。そうかと思うと、一方では、誰かが悪夢にうなされて息も絶え絶えに喘いでいます。

　大切な、大切な、最高に大切な、ただ一人の人へ。この手紙はぼくの最初の、そして、最後の手紙です。ぼくは戻ってくる、名前と財産を持った男として君のところへやって来ると約束しました。今、ぼくは一文なしです。失敗したのです。だから、立ち去ります。どこへ？　まだ、ぼくにもわかりません。ぼくの、この人生は終わりです。新しい人生を始めるということも、ぼくにはうんざりです。ただ、確かなことはケッテリングはもういないということ、そして、ぼくがいったい誰だったのかなんてことを、これ以上思い続けることは無駄だろうということです。もし、名前が無くても生きていけるところがこの世界のどこかにあることがわかったら、ぼくはそこへ行きたい。でも、人間は乞食をするのにも名前が要るのです。

　ぼくのただ一人の恋人よ。ああ、何て馬鹿なんだろう、まだ君のことを『恋人』と呼んだり、『ぼくの』と言ったりするなんて。今、君にはぼくが帰らないということがわかりましたね。それでは、このこともわかって下さい。ぼくは君を最初に会った日と同じに愛しています。それどころか、たとえようもないくらいに、もっともっとです。だって、苦しいことを経験すればするほど、君への愛が一層募ってきたからです。

　ケッテリングは考え込みました。彼女が待っているかどうか知れたもんじゃない。おれが出てってからもう三年だ。ひょっとしたら、白い靴のヤンキーと結婚しているかも……それならそれで『お幸せに』だ。

　ぼくが神様を信じているかどうかは、ぼくにもわかりません。でも、君が幸せになるよう、手を合わせて、お祈りします。君の運命とぼくの運命とが一緒にならなかったのは、きっと、どこかの賢明なる神様のご配慮だったのに違いありません。ご機嫌よう、さようなら。ぼくたちは、もう、二度と会うことはないでしょう。

ケッテリングは紙にくっつきそうなくらい屈まなければなりませんでした。だって、見えなかったからです。それから、手紙に何かをクシャクシャと書きつけました。その瞬間です、何かに頭をぶっつけたみたいに、ケッテリングはぎくりとしました。サインはジョージ・ケッテリングではなかったのです。涙で見えなかったのに、見えないまま、無意識で、自分の本当の名前を書いていたのです。それはこの長い年月の間、記憶から失われていた名前でした」

36

「彼はホテルの中にいたたまれず、夜の中に出ました。港には何か枕木のようなものが山と積み上げられていて、黒人の警官が見張っています。彼はその上に腰を下ろすと、膝の上に肘を突き、背を丸めて、しぶきを飛ばせて打ち寄せる海を見つめていました。今では彼にはすべてがわかり、もう思い出すまでもないのです。すべてのものは整然と配列されていて、きちんとそろえたトランプのカードのように、いささかの乱れもありません。このカードでもあのカードでもいい、ただめくるだけでいいのです。そうだ、あれはあそこにある。何一つ欠けてはいない。このような奇妙な気分――それは安堵なのか、それとも、苦悩の奔流なのか?

たとえば、故郷の家です。母のいない家、重いカーテンと黒い家具を備えた大きな部屋。子供と一緒に過ごす暇を持たない父。大きくて、よそよそしくて、厳しい。いつも怯えている、心配性の叔母——気を付けて、坊や。そこに座っちゃ駄目。そんなもの口に入れるんじゃないの。あんなばっちい子供たちと遊んじゃいやよ。赤と緑のボール。一番お気に入りのおもちゃ。だって、表の通りで大声で叫び回っていた子供から盗んだのだもの。鼻を垂らして、はだしで駆け回り、泥で遊んだり、砂の上に尻をついて座ってもいい幸せな子供たちの一人だった。かつてのケッテリング氏はほほえみ、目は輝いています。ほら、見て、叔母ちゃま、ぼくだってとうとうはだしで駆けてるんだよ。炭屋さんみたいに真っ黒だ。ぼく、黒人の女がばっちいシャツで拭いてくれたきゅうりと、ほこりかぶって道に落ちてた、まだ青いバンジロウの実を食べたよ。——かつてのケッテリングはほとんど、復讐を果たしたような気分に浸されていました。確かにおれは、おれなりの復讐は遂げたな。

やがて、焦燥感に満ちた少年時代を迎えます。彼の生まれつきの気性の激しさは、いわゆる教育によって抑圧されていました。彼は父親の職業を理解するようになりました。その職業とは富であり、その職業とは工場であり、その職業とは、できるだけ多くの人間が、できるだけ多くの仕事を、できるだけ少ない賃金で消化するように強制することでした。少年は工場の門から異様な、すえたような臭気とともにあふれ出てくる労働者の群れを見ていました。みんなおれを憎んでいるな。それが彼らに対して持った少年の印象でした。父は怒鳴ったり、命令するのに慣れていました。でも、富を得るのに、何でこんなに怒る必要があるのだろう。そんなこと、腹をたてるほどのことじゃないじゃないかと世間の人は言うでしょう。だって、仕方ないだろう。財産だって生き物なんだから、飢え死にしないためには食わなくちゃならん。だから、必要なだけ餌を食わせにゃならんのだ。なあ、息子よ、いつかこの財産がおまえに委ねられる時がくる。それは、ただ持つためだけではなく、おまえがそれを増やすためだ。だから、いつの日かおまえが他人に、額に汗して働け、少しのもので満足しろと強いねばならなくなるのなら、自分でも倹約し、努力することを学ばねばならん。わしはおまえを実務的人生に向くように教育してきた。わしの財産に向くように教育してきた。――かつてのケッテリングは顔をゆがめました。なーんだ、それじゃ、おれが人に命令したり、冷酷にしたりできたのは親父譲りだったのか。なるほど、それだって遺産には違いない。あの頃、そうだ、あの頃、若者はそれを受け入れようとはしなかった。むしろ思慮も浅く、怠け者だったからだ――多分、それは自分の未来として前もって決定されるということに対する、単なる反撥から出たものだ。わしらがここにこうしているのは、自分のためじゃない。財産に仕えるためだ。自分の財産に仕えない者は他人の財産のために汗水たらして仕えにゃならん――なるほど、なんとなく人生の教訓のように聞こえる。だからな、息子よ、おまえはわしが歩いた足跡を辿りながら付いていてくればいいんだ。

かつてのケッテリングは声もない笑いに体を震わせました。いや、彼は断固として父の歩いた通りには歩きませんでした。彼はいつか大転換の起こるのを待っている跡継ぎの王子に過ぎませんでした。そして、まさに意図的に――好ましからぬ交友やその類のこと。そのあげくが借金です。確かに、くだらないと言ってしまえばそれまでですが、それにしたって、あまり名誉なことでないのも確かです。父は怒りに震えながら、それはどういう意味だとか、何に使ったのだとか、いろいろと問いただします。おい、息子よ、わしがあくせくと働いて、金を稼ぎ、倹約しとるのは、そんなことのため、おまえのアホさ加減の尻拭いをするためだと、おまえ、そう思っとるのか？

そして、この時、息子の中で何かが弾けたのです――当然のことですが、そこには反抗あるのみ、開き直りあるのみ、いわゆる怒りの発作あるのみです。こぶしを握りしめて、父の面前で怒声を発します。父さんの金なら勝手に溜め込むがいい、独りでガツガツしてればいい、ぼくはそんなもの欲しくない、屁とも思わない。ぼくが父さんみたいな金の奴隷になると思ったら大間違いだ！ 父の顔は紫色に変わりました。あのとき脳出血が起きなかったのが不思議なくらいです。父はドアのほうを指して、かすれ声で叫びました。出て行け！ 続いて、これ見よがしの、雷鳴のようなドアの音。そして、万事終了。息子の家出。

かつてのケッテリング氏は頭を振りました。ああ、何てばかなことをしたんだ！ 家の中でこのような雷同士のいがみ合いはほとんどなかったのですから、まあ、魔が差したとでも言うんでしょう。ただ、あのときだけ、すこぶる付きの強情で頑固者の二人が衝突したのです。息子はもはや家には帰らず、父の弁護士の呼び出しにも応じませんでした。謹厳実直な法律の友人はとうとう息子がある理論的かつ実践的アナーキスト娘とベッドの中にいるところを捕まえました。しかも、若い紳士はそこから出ることを承知しなかったので、法律の友人はなんとも具合のわるい状況のなかで、やむなく用件を伝えることになったのです。彼は実に見事に自分の任務を遂行しました。一方で、誠に遺憾に耐えぬという表情をして見せたかとおもうと、次には殊の外如才なくわざとらしい善意の笑みを満面に浮かべるのです。それというのも、若者は羽目を外すこともなくちゃならんからね、とりわけ、こんな有望株の遺産相続者はというわけです。

ご尊父さまの申されますには、弁護士は切り出しました。ご分別をわきまえられますまでは、あなた様にお会いになりたくないとのことでございます。いいですかな、若いお友だちよ、彼は心を込めて言いました。私といたしましても、あなたさまがそのよう努力されますこと、そしてそれがおできになることにいささかの疑いも持ってはおりません。ハハ、いかがですかな？　ここだけの話ですが、と弁護士はさも感嘆に耐えぬと言わんばかりに首を片方に傾げて言いました。ご尊父さまの資産は（彼はもうちょっとでご資産さまと言うところでした）三十億とも三十五億とも言われております。若いお方、これほどの資産というのはただの冗談ごとではすまされませんぞ。――そう言ったときの彼は、実際のところ、途方もなく真剣かつ厳粛に見えましたが、再び、前の陽気さに戻りました。

ご尊父さまは、あなたさまが成年に達するまでの間、一定額の生活費を私の手を通してお支払いしてもよいとの仰せでございます。そして、彼は全くケチくさい金額を提示しました。――老守銭奴は自らの正当なる怒りの中にあってさえも一貫して自己の信念を貫いたわけです。もちろん、あなたさまが、時を経た後も、分別を持ってお戻りなされませんならば――弁護士は肩をすくめて、後の言葉に替えました。しかしながら、私といたしましては、このことがあなたさまにとりまして人生の健全にして厳格なる試練となりますよう希望する次第であります。

じゃ、そのはした金をこちらに下さい。三十億の相続人は言いました。そして、じいさんに言ってやって下さい。ぼくを待つんだったら、どうかせいぜい長生きをなさいますようにって。

アナーキー娘は熱烈な拍手を送りました。

威厳に満ちた弁護士は太い指を立てて、いたずらっぽく娘を脅すしぐさをして見せました。お嬢さん、お嬢さん、私らの大事なお友だちのおつむをあんまり混乱させないように願いますぞ。お楽しみは結構。でもな、程々に。よろしいかな？

娘は弁護士に向かってベロッと舌を出しましたが、満面に笑みを浮かべた善意の法律家はこのとき早くも放蕩息子の手を暖かく握りしめていました。親愛なる、親愛なる友人よ、彼は感動を込めて言いました。私どもはあなたさまのいち早いご帰還をお待ちしておりますぞ。

当時、この放蕩息子は十八歳でした。彼は成年に達するまでは流浪の生活を送ります。それはまさに若きが故に可能であったとも言えるものでした。それがどんなものか、とりわけ、そのためにどれだけの人に迷惑をかけたかなど、今となっては自分でも言うのは無理でしょう。当然、パリ、マルセイユ、アルジェ、パリ、ブリュッセル、アムステルダム、セヴィリア、マドリッド、そしてまたパリへといった具合だったでしょう――彼の知る限りでは、父は家庭の崩壊とともに最後の心の支えを失い、病的なまでに金稼ぎにのめり込み、哀れな金の亡者に成り果てたということでした。ふん、神のご加護で、誰かさんの金の山が大きくなればいいさ！

きっちりと成人の日から、わずかばかりの送金も絶えてしまいました。放蕩息子は怒り心頭に発します。今度こそ、膝をついて頼みに来るとでも思ってるのか？　いやなこった！

彼は働こうとしましたが、不思議なことに、働き始めた途端に貧乏やら苦労やらが一緒になって襲いかかってきたのです。以前の安易な生活に戻ろうとしても、これももはやうまくいかないのです。それというのも、貧すれば鈍するで、彼の体にはうさん臭さを感じさせる何かが染み込んでいたのです。

そのころの彼には女がいました。彼女は病気で、そのために職を失っていました。彼は同情して、助けようと思いました。父の法律顧問に、たまたま二三千フランの金が短期間だけ必要になったことを、手紙に書いて送ったのです――送ってきたのは、パリから家までの三等切符に相当するはした金で、手紙が添えてありました。もし、ご子息さまが分別をわきまえ、家で働きたいとのご意思をお示しになりますならば、ご尊父さまは喜んであなたさまをお許し下されるでしょう、云々。確かに、あの時こそは唇を噛み締めもしたものですが、今となってはもはやそんな意地も根性もなく『そんなことするくらいなら、飢え死にしたほうがましだ』と独りつぶやいたのでした。

トリニダードのポート・オブ・スペインの岸辺に座っていたかつてのケッテリング氏は愕然として、声を発しました。あの頃と何にも変わっちゃいない。しかし、今は、そう思いながら力なく頭を振るだけでした」

37

「かつてのケッテリングは、今、すべてのことが手に取るようにはっきりと理解できるのです。もし、彼が本当に、心底から、窮乏に瀕していたとしたら、彼はきっとどこかに居座っていたでしょう。その機会は一度ならずあったのですから。例えば、カサブランカでは計理士の仕事が、あるいはマルセイユにいたころは真珠のセールスマンの仕事といった具合に。

でも、冗談じゃない。すみませんがね、おれは本当は三十億、四十億、五十億の遺産を相続できるご身分なんだぜ。少なくとも、家じゃ、今、じいさんがせっせとそれだけの金を溜め込んでいるんだ。そのおれが、なんだってたかが二十ダースの真珠のボタンの手付金のことで、下品で、ひとを馬鹿にしたような商店主と忍耐強く、ペコペコして交渉しなければならないんだ?　ときどき、彼にはそういう自分の立場がばかばかしく思えてくるのです。そんなこと、とてもまじめになどやってられません。額に汗して、顔を真っ赤にして数フランだかペセタだかのために言い争うなんて我慢がならなかったのです。

突然、彼の目に、こんな商売なんてほんの気晴らしにやっているんだというような表情が浮かびます――そんな態度は相手を怒らせることになり、彼自身はそういう挑発的な行動によって一時的なうっぷん晴らしはできたとしても、結局は目まぐるしく職を転々とせざるをえなくなるのです。かつてのケッテリング氏はそのことを思い出すとある種の痛快さを覚えるのです。私はね、あんた方、のろまさんに見くびられたくなかったのさ。あの悪党があんた方にどんなに無礼な振る舞いをしたか思い出したら、今でも怒りで口の中が熱くなって、カラカラになるんじゃありませんかね。では、失礼させていただきます。

しかし、今になってよくよく思い直してみると、こういった一連の事態はいわゆる半現実のようなものでした。だから、何をしても、ただ、何となくいき当たりばったりに、試しにやっているだけで本気でやっているのではないもの、一時しのぎのものという印象を拭い切れませんでした。本気だったのはこんな旅に、とりわけ、こんな無意味な旅に否応なしに彼を引きずり出した反抗心だけでした。どんなにひどい貧困の中にある時でも、あの何十億の金は彼の手の届く範囲にあったのです。それを手に入れようと思えば、ただ望めばよい、それで万事解決だったのです。そうとも、おまえは街の通りをぶらつきながら、その金をポケットの中でじゃらつかせることもできたのだ。家も職もない人間よ、おまえはうさん臭い放浪者を避けて通る人全員に『私が何さまだか、おまえさん方にわかってたまるかい！』と悪意のこもった眼差しを向けることもできたのだ。

ポケットの中の何十億の金、おまえはその金でコップ一杯のビールさえ買いはしない。ポケットの中の五個の銅貨、おまえはその金で黄色のバラを買う。もともとそんなものは永遠に汲めども尽きぬ自嘲的戯れの泉だったのです。彼は初めて乞食をしたときの荒々しい快感を忘れることができません。あれはたくさんの雀が群がるバルセロナのランブル通りでした——白い歯を見せてニヤニヤしながら『奥さま、どうかお恵みを』と言う若い男を見たときの、腕にロザリオを掛けたあの老婦人の驚きようといったら——かつてのケッテリング氏は額を拭いました。いやいや、あれが、もし……本心からだったらおれは耐えられなかっただろうな。しかし、あれは——そうとも——無意味さを楽しんでいたんだ。おれが天に向かって両手を差し伸べ、助けを求めて叫び始めるまでどのくらい耐えられるか試していたのさ。最高に美しく、光輝く女たちを歩道の端に立って飢えた目をして見つめるときの、あの焼けるような苦しみ——おれが望みさえすれば、おまえたちはおれのものなのだ。しかし、今は、当然のことだが、おれに目もくれようとしない。めす豚どもめ。この美しい怒り。あらゆるものに対する軽蔑をほしいままにする怒り。当然、道徳と言われるものに対してさえも。なぜなら、貧乏人にも倫理感はあるし、資本家にも倫理感はあるが、金持ちになろうという意欲を持たない怠け者には倫理感なんてものはまるでありはしないからだ。

それに、怠け者たちを一カ所に縛りつけておくことはできません。家族とか習慣のきずなはさておくとしても、人間を根付かせるものは財産、あるいは利害関係です。貧困にも金にも無頓着な人間は引き綱も重りもない風船のようなもので、風の吹くまま気の向くままに流されていくのです。そうです、放浪というのは確かに愚かなことです。それは財産という中心が求心力を失ったか、または定着のための正当な理由の欠落を意味します。この愚か者、じっとしていられないのなら、ふらふらしてろ。

ちょっと待った。ここのところをもうちょっと注意して見る必要があるんじゃありませんかね。なあに、あるもんか。そんなものは取るに足らん愚かさだけだ。ほんとは、そうじゃない——なるほど、それを愚かさというのか。あのころおれは船に乗り組んでいた。あれはプリマスでのことだった。夜になるとおれたちはホーの町に上陸したものだ。縞々に塗った灯台の下でバービカンから来た娘と会っていた。ひどく痩せた、小柄な娘だった——十七歳とか言ってたな。おれの手を取って、大きな図体のやくざな船乗りをまともな人生に引き込もうと一生懸命だった。かつてのケッテリング氏は歯をカチカチと震わせました。これじゃ、まるで同じじゃないか……あのとき、マリア・ドロレスだっておれの手を取って、なんとかしておれの『我』を思い出させようとしていた！　おお、神さま、それじゃ、人生には私たちの理解できない意味がいろいろあるのですか？　かつての船乗りは愕然として黒い海を見つめていました。しかし、彼が見ていたのはホーの海岸の青い、透明な夜、浮標《ブイ》の赤と青の光、そして、もっと遠く、ああ、あの美しい、一直線の遠い彼方だったのです——おれの手を握り、息を弾ませながら、約束して、約束して、きっと立ち直るって——そして、いつかここに住みついてちょうだい。彼女はどこかの工場で働いていました——何十億の金がすぐにも手に入るのだと彼女に言ったところで、そんな話はアラビアン・ナイトような夢物語だっただろうな。もう少しで言ってしまうところだったが、あのときは、何となく深刻すぎるか唐突な感じがし過ぎるような気がして、その言葉を飲み込んでしまったものだ。いよいよお別れという段になると、彼女はすっかり取り乱して、不器用なキスを彼に浴びせました。そこで彼は言ったのです、帰って来るからねと。

その船はインドシナに向かい、彼は戻っては来ませんでした。

さてと、そんなわけで、私たちは、今、ここにいる。無事に辿り着いたわけだ。だから、これで話はみんな終わったよ。なんだと？　これでお終いか。誰かの厳しい、容赦のない声が応えます。さあ、思い出すんだ、その先がどうなったか。——そう、たしか、おれは船から逃げ出したんだ。あれはこのトリニダードでだ、まさにこのポート・オブ・スペインだったよ。

その通り、で、その先は、それからどうした？

それからのおれはもう落ちぶれる一方さ。人間、一旦、落ち目になったら、もうお終いさ。止まろうたってもう止まりゃあしない。

どこまで落ちぶれたか言ってみろ。

そうだな、おれは港の沖仲仕をやったこともあれば、伝票をもって走り回る倉庫番をやったこともある。——もう、無いのか？——アスファルト湖で、黒人たちが手の甲で汗を拭く暇もないほどこき使ったことがある。——それから、まだあるだろう、え？——あるとも、グワデループとマタンザスじゃ給仕をしていた。だから混血どもにカクテルや氷を運んださ——じゃ、それがどん底だったって？

かつてのミスター・ケッテリングは熱くなった手で顔を覆い、うめきました。うめくならうめくがいいさ。この野郎の中には、まだ何かがあるんだ。あれは復讐だった。おれをこんなにまで落ちぶれさせたものへのな。おれが自分の卑屈さをたっぷり楽しんでいたとでも思うのか？ このクソッたれども、欲しけりゃ、くれてやらあ。てめえらの大金をがっつきあがれ。さあ、見てくれ、億万長者の跡継ぎの一人息子のこのざまを！

よかろう、見ようじゃないか。

そう、じゃ、よく見てください。ある混血女が彼を虜にしているのです——じゃ、今度はそいつを見てみましょう。彼はその女に熱烈に恋をしています。そして、酔っ払いたちを彼女のもとに、あらゆるものの中で最も忌わしい売笑婦のもとへ案内してきては、その間、分け前に与かるために外で待っているのです。

じゃ、そういうことだったのか。

かつてのケッテリングは頭を深く胸元へたれました。

カフエの向う側にヤンキーが一人座っていた。おれは間抜けなしかめっ面をして、どうです、旦那、いい娘んとこへ案内しますぜ——美人で、小麦色の、チッ、アメリカ人は真っ赤になって飛び上がりましたね。多分、白人のこんな卑屈な行為に我慢できなかったんでしょうな。それから、おれの顔に一発食らわせましたよ。この面に。——かつてのケッテリングの頬に赤いしみが浮き上りました。——おれを表の通りに放り出すとき、くしゃくしゃの五ドル紙幣を地面に叩きつけました。おれはその五ドル紙幣を拾うためにもう一度戻って、犬みたいに四つ足で地面を這ったんですよ。

かつてのケッテリングは恐怖に満ちた目を上げました。ああ、こんなことは絶対に忘れられないんだな！

そうかもしれんが、やってみるさ。忘れるように努力するんだ。

そうだ。おれは動物のようにがつがつ食っていたな。まだ、おれには忘れられない。混乱してきたぞ、どこだったか、どこへ行こうとしていたのかわからない——

銀河のような道だった。ブーゲンビリアのいっぱい咲いた間を通っていた——

そう、そう、まさにあそこだ。おれはレボルバーの発射音を聞いた。それから誰かが走ってきて、おれにぶっつかった。で、それから、それから、今までのことを、結局、みんな忘れてしまった」

「かつてのケッテリング氏は大きな息を吐きました。さあて、やっと終わったぞ。いずれにせよ、これ以上悪くはなりようがないんだからな。だから、いいかい、おれが犬みたいに四つ足で這い回った時でさえ、おれは負けなかった。もうたくさんだ。おれは降参する。帰って謝ろう、家へ帰ろう、なんて弱音ははかなかった。おれはひたすら飲んだ。そして人間の屈辱を呪ったものだ。それは……本当は……ある種の勝利だったのだ。

それじゃ、今は降参か。

そうとも、今じゃ、降参だ。それも、神よ、心から、喜んで降参するんです！　屈辱的なことをしろ、もう一度四つんばいになって這い回れと言うんだったら、おれはそうしよう。おれにはその理由がわかっている。それは彼女のためだ。あのキューバ人の娘のためだ。

それとも、あのカマゲイノ老人の鼻を明かしたいからだろう。

うるさい、そんなんじゃない。あの娘のためだ。おれは帰って来るって彼女に言ったじゃないか。あれは本心からの約束だったんだ。

おまえの本心だと、このポン引きめ！

たとえポン引きだったにしろ、自分が誰であるかを知っていればいいのさ。何を知りたいんだ。人間は敗北したときに初めて完全になるんだ。そのときに、それが嘘偽りのない本当の、覆すことのできない現実であると認識するのさ。

その敗北がか。

その敗北がだ。それはものすごい安堵だ。身を投げ出すことができる。両手を胸の前に組み合わせて、身を投げ出すことが――

何に？

愛に。敗北と屈辱の中で愛すること――その後で、人間は愛が何かを知るのだ。おまえはもう英雄ではない。侮辱され、平手打ちを食らわされたポン引きだ。おまえは犬畜生のように地面を這い回った。それでも最高の衣装をつけて、手には指輪をはめるだろう。それは奇跡だ。おれにはわかっている。彼女がおれを待っているということをね。今こそ、おれは彼女を迎えに行くことができるのだ。ああ、おれは幸せだ。

幸せだって？　本当に？

すごく幸せだ。ゾクゾクするほど幸せだ。ほら、さわってみろ、顔がこんなにほてっている。左の頬だけだ。平手打ちで熱くなっているのさ。

違う、平手打ちじゃない。この頬に彼女がキスをしたのを知らないのか？　そうとも、彼女がキスをして、涙でここを濡らしたんだぞ。すべては贖われたんだ――ちっとも痛くなんかなかった！　あったのは恋いこがれる気持ちだけ、それに、あの地獄、あの恐ろしい仕事、――すべては彼女のためだった。

例の平手打ちもか？

そうさ、あの平手打ちだって彼女のためさ。奇跡が起こるために。だから、おれは彼女を迎えに行く。あのときのように、庭で待っているだろう――そして、おまえの手の上に手を重ねてか。

どうか、彼女のてのひらのことは言わないでくれ！　てのひらのことを言われると、おれの指も顎までが震えてくる。

そして、おまえの手の上に手を重ねてか。

どうか彼女のてのひらのことは言わないでくれ！　あのてのひらのことを言われると、おれの指どころか顎までも震えてくる。おれの手を取ったあのときの彼女の様子——彼女のしなやかな指を思うと……ああ、もう止めてくれ！

おまえはすごく幸せなんだろう？

うん、いや、待て、それももう終わりだ。この忌々しい涙め！　ひとりの人間がほかの誰かを愚かなまでに、こんなに好きになることがありうるのだろうか！　もし彼女があそこで——あそこのナナカマドの木のそばでおれを待っていたら、おれはびっくりするだろうな。ああ、それにしても、なんて遠くに離れてしまったんだ。いつになったら彼女のもとに辿り着けるんだろう！　そして、おれが彼女の手を、腕を取ったら——それにしても、なんて遠さだ！

それじゃ、おまえは幸せなのか？

野暮なこと言うんじゃない。おまえだって、おれの気が狂いそうなのを知ってるじゃないか！　その前に、おれは家に帰らなくっちゃ。きっとそうしよう。頭を下げて、許しを請うて、名を名乗って、人間にならなくてはならない。それから、もう一度海を渡って——駄目だ、そんな悠長なことはしてられない。とても待ちきれない。そんなことは不可能だ。そんな長い時間！

じゃ、最初に彼女のところへ行って、言うのか——？

いや、そんなことはおれにはできない。そんなことをしてはいけない、それは駄目だ。だって、おれにしかるべき資格が出来たら、迎えに行くと言ってあるんだ。彼女をがっかりさせちゃいけないんだ。おれは家に帰らなくちゃならない。まず家だ。それから、初めて——門の扉を叩く。それを叩く資格を持った人間として。開けて下さい。わたしは彼女を迎えに参りました。

この人物が自分で自分に話しかけ手を振り回している様子を、それまで長いあいだ見ていた黒人の警官が近づいてきました。

『ねえ、旦那！』

かつてのケッテリングは顔を上げました。『わかるかい』彼は早口で言いました。『まず最初に家に帰らなくちゃならない。おやじがまだ生きているかどうかは知らないが、もし生きていたら、ともかく、おやじの手にキスして言ってやろう。お父さん、めす豚どものポン引き野郎に祝福を与えて下さい。こいつは豚どもに与えられたビールの絞りかすを食わしてくれと頼んでいたやつです。私は神の掟にも反し、お父さんにも背き、あなたの息子と呼ばれるにふさわしい行ないもしませんでした。すると、あの強突張りのじいさんは上機嫌になって言うだろう。わが息子は死に、失われ、そして再生した。そして発見されたのだと。おい、兄弟、聖書にはそう書いてあるよ』

『アーメン』黒人の警官はそう言って、立ち去ろうとしました。

『もう少し待ってくれ。確かに、これは放蕩息子は許されるということだよな？　彼の懶惰《らんだ》と淫蕩は許されるのだ。あの平手打ちでさえ拭き消されるだろう——最上の礼服を持ってきて、こいつに着せてやれ。指には指輪だ』かつてのケッテリングは立ち上がりました。彼の目には涙が溢れています。『それにしても、おれにはそんな気がするんだ。おやじは生きている。そして齢を取りながらもおれを待っている。おれを自分と同じような金持ちにし、守銭奴にするために。あんたにゃわからない、放蕩息子が何を断念したか、あんたにわかってたまるもんか。それが何を犠牲にすることか、あんたにはわからない——でも、違う。彼女は待っている。おれは行くぞ、メリー。おれは戻ってくる。でも、その前に、まず、家に帰らなくちゃならない』
『お送りしますよ、旦那』黒人の警官は言いました。『どちらです、家は?』
『あっちだ』そう言って、空の彼方、無音の閃光の瞬く水平線の方を指し示しました。

私は、彼が船を経由して帰ったのではないという偏執的な想像がこびりついて頭を離れません。船旅はあまりにものんびりしていて、人の気持ちをなごませますから、こんな急激な墜落がそんな旅に含まれるはずはありません。私はトリニダードへの何らかの飛行機の便はあるのかどうか航空会社に尋ねないではいられなくなりましたよ。ヨーロッパからポート・ナタル、そこからパラーまでの定期航空便のルートはあるようですが、パラーからトリニダードまたはそれ以外のアンチル諸島の他の地点への空路があるかどうかははっきりしませんでした。多分、あるのです。それで、患者X氏がその中の一番速いコースを選んだのだと、多少当て推量的ではありますが、私は考えるのです。彼はそのコースを選んだに違いありません。だって、私たちは彼が真っ逆様に墜落して炎に包まれているのを最後に見るじゃありませんか。彼は流れ星のような猛スピードで彼の旅を終わらせようとしていたのです。彼は苛々しながら、水平線にじっと目を据えていたはずです。パイロットは眠ってでもいるみたいに、身動きもせずに座っています――えーい、目を覚まして、もっと速く飛ばすように、やつの背中をどやしつけてやろう! そして飛行機から飛行機へ。エンジンのうなりに耳をつんぼにされ、平常心を失います。心にあるのはただ一つ、急ぐこと。最後の飛行場で、もうほとんど家の門口というところで、轟音を発していた猛スピードの糸が突然切れたのです。飛べません、嵐です。口角に泡を飛ばして怒ります――こんなものが嵐だと? 貴様ら疥癬《かいせん》かきの犬どもめ、熱帯地方のハリケーンというのを知ってるのか!

ようし、こうなったら、自家用機だ。いくらかかったたって構うもんか。そして、更にもう一度、ひきつったような、気違いじみた焦燥感の末期の発作。握りしめたこぶし。レースのハンカチを噛みしめた口――そして、幕切れ。風、炎、ガソリンの匂い、そして、深く閉ざされた無意識の暗黒の沼。

親愛なるドクトル。私はあなたに敬意を表してあなたを、患者X氏の死に対して哀悼を表わすあなたの誠実ながっしりした後ろ姿を描きたかった。私はあのベッドのそばにいるあなたを見たことがあります。それなのに私には、あなたをよく思い浮かべることができないのです。この厳粛な現実からもう一度離れることをお許しいただけるなら、私はあのベッドのそばにボサボサ頭の、あまり好感の持てない若者を据えますよ。患者の手首を持って、自信にあふれたボサボサの頭を注意深く前にかがめている。美人の看護婦は彼の薄茶色の髪に目をやっているはずです。だって、この若いドクトルにぞっこん惚れ込んでいるのだから。ああ、あの髪の中に指をみんな差し込んでくしゃくしゃにしたい。その髪を息をするみたいにやさしく奇麗にしてあげたい――若者は不意に顔を上げる。『脈泊なし。看護婦、ここに衝立てを頼む』

エピローグ

39

外科医は原稿を読み終えると、無意識にはみだした紙がないようにきちんと揃えた。

老内科医が訪ねてきて、言う。「惜しいことをしたね、解剖に立ち会わなくて。なかなか興味深い患者だった。あの人物はいろんなことを経験したんだね——あの心臓を見せたかったよ」

「大きかったんですか?」

「大きかった。報告が来たのを知ってるかい? パリからの電報だがね。あの飛行機は自家用だったよ」

外科医は顔を上げた。「ほう、それで?」

「なんという名かわからない。名前は判読できなくなっていた。でも、キューバ人と書いてあったよ」

おわり

訳者あとがき

本書のタイトル『流れ星』は、『ホルドバル』、『平凡な人生』という通称三部作と呼ばれているものの第二作『ポヴィエットロニュ（流れ星）』を原題とする作品である（一九三四年作）。時代は現代。強い風の吹くある日、乗客一人を乗せた個人所有の小型機が墜落する。パイロットは死亡。乗客の一人は人相の分別もつかないくらい、大火傷を負い、意識不明である。本人であることを証明する一切の書類の類は焼失。名前も年齢も国籍も一切が不明、その未知の闇の中にこの物語は展開される。

突然運び込まれた、飛行機事故の負傷者を治療するべき病院の外科病棟の診察室には、医師の友人の詩人が訪ねてきており、その事故の一報を知る。そこへ扁桃腺の手術のために入院中の患者が現われる。外科医はその間、相手になっていてくれと言い残し、治療のため部屋をあとにする。

それほど重要とも思われない導入部に続いて、物語の本筋ははじまる。

物語の冒頭はこんなものだ。そしてこの二人（詩人と千里眼）と、看護尼僧の証言（または、夢物語）によって、人物像が明かされていくが、具体的証拠は患者のポケットの中にあった南米の植民地、およびその宗主国で使用できる数種類の硬貨と、あとはもの言わぬ本人の過去の身体的、肉体的痕跡が傍証する現在の肉体的症状と痕跡のみである。そして、この身元不明の人物を夢占い的に説明しようとする尼僧看護婦と、強力な個性と直感によって暴こうとする千里眼。詩的推理によって構成される詩人の解釈、この三種類の推理的証言によってこの作品の骨格は構成されている。

当然考えられることだが、これら三人の証言のなかで、チャペックの思想にいちばん近いのは詩人だと思われる。彼は友人の医師に小説作法をいろいろな例を用いて解説している。そして作家の想像力について語るところが最も興味深いし、納得もできる。もちろん、彼（チャペック）はもともと哲学（美学）博士だから、それも当然といえば当然である。

さて、わたしは翻訳家として、自分の訳した作品の内容に関して、「あとがき」であまり具体的に述べるのは好まない。それはやはり、解説よりも本文を先に読んだ上で、作品を理解していただきたいと思うからである。あまり、解説で言ってしまうと、せっかくのチャペックさんの創作意図（内容的にも、形式的にも）を事前にもらしてしまうことになりかねないからである。

したがって（本文であれ、翻訳であれ）元の作品を読まれた上で、一応、読者自身が理解した以上に、この翻訳家がわかっているのかなという、大いなる疑念をもって「あとがき」をも通読していただきたいのである。

以下に、詩人の口から語られるチャペックの創作法の原理とでもいうものを紹介しておこう。本書では(本文一二八頁)、詩人がこの事件に関する分析方法と、作家としての小説(詩)の構成法を述べているところである。

「私たちはある人物の人生を賞賛し評価するためなら、彼に過酷な運命を担わせ、葛藤と苦悩を極限にまで高めます。しかしそんなもののなかに、取り立てて言うほどの人生の栄光があるのでしょうかね? ……私が想像力の道筋をたどっていくとしたら、私はショッキングな非日常的事件を選ぶでしょう……想像力が熱病のような好奇心で武者震いしないようなら、私たちを一寸先へも引っぱっていかないでしょうし、何の役にも立たないだろうということです。……私は何だって好きなように話を作り出すことができますが、自分でその話が信じられる場合に限ります……その確信が揺らぎはじめるやいなや、私には自分の想像力がまるでみすぼらしい子供だましの小細工に見えてくるのです」

イヴァン・クリーマはチャペックの『流れ星』からの右の引用に続けて、次のように解説している。

「この告白のなかに私たちは『ロボット』『クラカチット』または『マクロプロス事件』の作者の声を聞き取ることができる。そして、詩人の思索の結論において、彼が描いた人生は本当は、作りものでもなければ、フィクションでもない、それは彼の人生と同一であり、ただ、彼自身の人生の、可能性のひとつなのだという意見が響いている」(拙訳、イヴァ

ン・クリーマ『カレル・チャペック』（青土社、二〇〇三）二五一頁）

これで、「あとがき」を終わる。少し言葉足らずという気がしないでもないが、あとは本文でご鑑賞ください。

二〇〇八年四月一日

田才益夫

流れ星

2008年5月10日　第1刷印刷
2008年5月20日　第1刷発行

著者――カレル・チャペック
訳者――田才益夫

発行人――清水一人
発行所――青土社
東京都千代田区神田神保町1－29　市瀬ビル　〒101－0051
電話　03－3291－9831（編集）、03－3294－7829（営業）
振替　00190－7－192955

本文印刷――平河工業社
表紙印刷――方英社
製本――小泉製本

装幀――松田行正＋相馬敬徳
装画――ヨゼフ・チャペック

ISBN978-4-7917-6404-4　Printed in Japan